Tipik
junior

Le souffle de la pierre d'Irlande

Éric Simard

Illustration de couverture :
Pierre Amoudry

Magnard Jeunesse

À Crystal, Élodie, Luc-Orlane et Lucas.

L'auteur remercie le Centre national du livre pour la bourse à l'écriture qui lui a été accordée.

La Légende de l'Émeraude
est une épopée irlandaise
dont les trois premiers tomes sont :

1 – Le souffle de la pierre d'Irlande.
2 – L'aigle de Kylemore.
3 – Les brumes du Connemara.

chapitre 1

La nouvelle tomba un soir de juin :

« On y restera six mois ! me dit maman. Je t'inscrirai dans un collège et tu réintégreras l'école Saint-Joseph à notre retour. Ça ne te fera pas de mal de pratiquer un peu l'anglais. »

J'étais habitué aux grands projets de maman. Depuis la mort de papa, elle ne cessait d'annoncer des voyages dans des contrées lointaines, s'enflammait pendant quelques jours et renonçait au bout d'une semaine. Là, les choses se présentaient différemment : pas d'euphorie ni de hourra ! intempestif. Elle était étonnamment calme. Il n'était plus question d'île de Pâques ou de ces îles du bout du monde, le genre de voyage qu'elle ne réalisait finalement que dans ses rêves. Non, cette fois-ci, c'était l'Irlande et ça sonnait vrai.

L'Irlande... L'île où était né papa. Maman et lui s'étaient rencontrés dans un pub du Connemara et, depuis, ils ne s'étaient plus quittés... jusqu'à l'accident.

« Tu te souviens de cette tombe dont je t'ai parlé ? »

Je réfléchis sans trop de conviction.

« Tu en as fouillé tellement !

— Arrête, William ! Je te parle de cette tombe que ton père cherchait dans le Connemara. J'ai réuni assez d'argent pour rester six mois là-bas. Et je la trouverai... »

L'Irlande, c'était aussi le pays où papa avait disparu. Elle dut sentir mon appréhension.

« Je sais... Ce ne sera pas facile. Mais la découverte de cette tombe, ça changera notre vie. On parlera de moi, on me confiera à nouveau des fouilles. Et puis, il serait quand même temps que tu connaisses le pays de ton père ! Il rêvait de t'y emmener.

— J'ai oublié les mots qu'il m'avait appris.

— C'était du gaélique. En Irlande, presque tous les gens te parleront anglais. »

Elle tourna les talons et se dirigea vers la vieille commode du salon.

« Mais si tu tiens absolument à retrouver la langue de ton père, lança-t-elle en sortant une cassette d'un tiroir. L'irlandais en quarante leçons ! Avec ça, tu as de quoi t'occuper pendant des semaines. »

Un grand oiseau s'éleva à cet instant du jardin. Je pointai mon nez à la fenêtre et le vis prendre la direction du soleil couchant.

chapitre 2

Cela faisait dix jours que je décortiquais les leçons d'irlandais et j'avais l'impression de patauger lamentablement dans une bouillabaisse de mots. À croire que le sang gaélique ne coulait plus dans mes veines. Cette impression d'échec me rendit nerveux. Qu'aurait pensé papa de mes piètres progrès ? Plonger dans tous ces termes faisait resurgir en moi le timbre de sa voix, son intonation étrange et rocailleuse... Je sortis sa photo de mon portefeuille. Ses yeux étaient malicieux, son sourire typiquement... irlandais, comme disait maman pour le taquiner.

L'Irlande... Quelle mouche avait donc piqué

maman ? Depuis la disparition de papa, en octobre dernier, elle répétait à qui voulait l'entendre qu'elle ne mettrait plus jamais les pieds sur cette île, que les souvenirs la feraient trop souffrir. Quelque chose de plus important qu'une tombe devait être à l'origine de ce revirement.

Le téléphone retentit un soir dans sa chambre. Elle se leva et ferma sa porte. L'oreille plaquée contre la cloison, j'entendis :

« N'en parle à personne ! Je le dis à toi, s'il m'arrivait quoi que ce soit… Non, je ne sais pas… J'emporte le manuscrit… Dans les dossiers de John… oui… je l'ai trouvé par hasard… J'essaierai de le traduire là-bas… Ne t'inquiète pas. William sera avec moi… Non, il ne sait rien… Tu es gentille, mais je préfère qu'il vienne, il ne comprendrait pas que j'y aille sans lui. Et puis, c'est plutôt bien qu'il découvre le pays de son père avec moi… Dans une école, oui… à Clifden… il est déjà inscrit. »

Qu'était-elle en train de manigancer ? Elle semblait partir en Irlande pour mener une enquête. Puisqu'elle avait l'intention de ne rien dire, je décidai de passer à l'action : d'abord, jeter un coup d'œil dans son bureau, là où elle entassait ses notes. Surprise ! Tout était impeccablement rangé. J'ouvris les tiroirs les uns après les autres, pour constater qu'ils étaient vides. Elle avait commencé à trier ses documents en vue du voyage. Dépité, j'allais sortir lorsque je remarquai une feuille froissée dans la corbeille à papier. Je m'en emparai et lus ceci :

Les Tuatha Dé Danann accostèrent en Irlande sur les côtes du Connemara, il y a quelques milliers d'années…

Les Tuatha Dé Danann ! répétai-je. Papa m'avait expliqué qu'il s'agissait du nom des Tribus de la Déesse Dana.

Je continuai la lecture :

Nul ne sait s'ils étaient fils d'hommes ou de divinités. Jamais on ne vit autant de guerriers courageux, armés d'épées et de boucliers magiques : ils venaient s'emparer de l'île chantée par leurs ancêtres. Les Fir Bolg et les Fomoire, qui peuplaient alors l'Irlande, leur livrèrent bataille, mais la force et la magie des Tuatha Dé Danann vinrent à bout de leurs ennemis.

Plusieurs siècles après cette victoire, les guerriers des tribus de Dana perdirent la bataille de Tailtiu contre les Gaëls les ancêtres des Irlandais actuels, et durent se réfugier dans le royaume souterrain des tertres et des mégalithes.

« Les Tuatha Dé Danann ! De vieilles légendes », marmonnai-je en jetant le papier dans la corbeille.

Nous débarquâmes à l'aéroport de Dublin le 15 août. Maman avait raison : l'anglais était couramment utilisé. Cela ne m'empêcha pas d'échanger, dans l'aérogare, quelques mots celtes avec des grands-pères au regard vif.

chapitre 3

J'ai tout de suite aimé les Irlandais. J'avais l'impression de rencontrer partout des frères, des sœurs, des tantes, des cousins de mon père. Je me découvrais une nouvelle famille ! Les gens étaient vraiment chaleureux. Je ne me débrouillais pas trop mal en anglais, et mes efforts étaient toujours récompensés par un sourire.

Papa avait été un enfant trouvé. Il avait grandi dans un orphelinat dont il était parti très tôt pour rouler sa bosse à travers le monde. De ses voyages à travers l'Europe et l'Asie, il garda le goût pour la découverte des pays et de leurs coutumes. De retour à Dublin, il s'inscrivit à l'université et étudia l'histoire de son Irlande natale. Maman le rencontra à cette époque. Elle me dit un jour en riant qu'ils pouvaient passer des heures à discuter sur les civilisations anciennes. Papa avait sur le sujet des idées un peu fantaisistes qui la faisaient sourire. Il prétendait notamment que si l'homme d'aujourd'hui avait réussi à multiplier sa force en domestiquant l'énergie atomique, les Tuatha Dé Danann, eux, avaient apprivoisé l'énergie de la Lune, du Soleil, de la Terre et étaient parvenus, au moyen de roches, à capter les pouvoirs de la nature. Maman avait étudié pendant de longues années l'histoire des peuples préceltiques, mais c'est à partir de sa rencontre avec papa qu'elle s'était intéressée tout particulièrement à l'Irlande et aux Tuatha Dé Danann.

Dès le lendemain de notre arrivée, nous partîmes visiter le sud de l'île[1].

« Nous n'aurons plus beaucoup de temps après la rentrée, me dit maman. Profitons-en maintenant ! »

Pour en profiter… on en profita ! Des châteaux par-ci, des tours par-là.

Mais ce qui m'impressionna le plus, ce furent ces grands cercles de pierres de la région du

1. Voir carte page 148.

Kerry, dressés dans les champs, dans les landes, sur les collines… des pierres dont maman connaissait parfaitement les noms et les légendes.

« Le pays de ton père est un pays unique ! me dit-elle. Nulle part ailleurs je n'ai vu l'eau, les pierres et les hommes vivre dans une telle harmonie ! »

Je choisis cet instant pour tenter d'éclaircir le mystère qui entourait notre voyage :

« Maman, il y a quelque chose que tu me caches ! Dis-moi ce que c'est ! »

Elle gara le véhicule sur le bas-côté et resta un long moment silencieuse. Puis elle se tourna vers moi :

« Il faut que tu sois patient. C'est vrai… j'ai découvert quelque chose, mais il est trop tôt pour en parler. »

Son refus ne fit qu'attiser ma curiosité. Je décidai de tout mettre en œuvre pour découvrir son secret.

Nous venions de traverser le sud-ouest de l'Irlande et l'île commençait à exercer sur moi son pouvoir de fascination. Tout était vert, d'un vert éclatant. L'Irlande méritait bien son nom d'île d'émeraude.

Nous remontâmes la côte ouest et longeâmes les grandes falaises de Moher, dressées comme des murailles face à l'océan. Nous visitâmes ensuite Galway, puis nous atteignîmes la ville de Clifden, la porte du Connemara.

Le soir même, je suppliai maman de me conduire dans le vieux pub où elle avait rencontré papa. Je savais que ma demande la troublerait, mais découvrir ce lieu me tenait à cœur. Papa m'en avait tant parlé... Elle me guida à travers les rues et pénétra dans un vieux bar tout enfumé. Nous trouvâmes difficilement une table libre.

« Ton père était assis exactement à ta place », me dit-elle.

Ma gorge se serra. Je contemplai avec émotion le siège... les accoudoirs sur lesquels il avait posé ses mains. Pour maman, ce fut un moment très dur. Je m'en voulais de l'avoir entraînée là, lorsqu'un gros bonhomme roux comme pas deux déboula devant nous.

« Élisabeth ! hurla-t-il. Mais je ne vous attendais que dans trois jours ! »

Maman leva la tête. Ses yeux s'illuminèrent :

« Georg ! »

Les larmes de tristesse devinrent des larmes de joie. Georg (c'est ce que je compris après coup) était l'un des amis d'université de papa.

Elle sauta dans ses bras sans réaliser qu'il tenait deux énormes verres de bière dans les mains. L'une atterrit sur la perruque d'une voisine, l'autre se renversa sur la chemise de maman. Tout le monde éclata de rire, même la voisine ! Celle-ci essora sa perruque en chantant un air qui devait être connu, car toute la salle le reprit en chœur. Les violons grincèrent et les habitués du pub commencèrent à danser. Aucun doute… nous étions bien en Irlande !

chapitre 4

« **Nous sommes arrivés** plus vite que prévu, expliqua maman. Puis, se tournant vers moi :

— Je te présente William. »

Georg me dévisagea.

« Typiquement son père ! Tu dois avoir onze ans, non ?

— Douze… répondis-je.

— Ça ne te pose pas de problème pour la maison ? continua maman. Sinon, j'avais prévu de rester quelques jours à l'hôtel…

— Non… ne t'inquiète pas, répondit Georg. Vos chambres vous attendent. »

Maman l'avait contacté avant notre départ de

France en lui expliquant que nous envisagions de rester plusieurs mois dans le Connemara. Georg lui avait alors proposé d'habiter dans son immense maison. C'est également lui qui s'était occupé de mon inscription à l'école de Clifden.

Tous les deux parlèrent longtemps de papa, de ses excentricités, de ses poèmes, des études qu'il menait sur les légendes et les mythes d'Irlande. Georg était devenu un spécialiste des langues celtiques. Évidemment, il ne cessa de parler des anciennes civilisations et de tout le tralala… Au bout d'une heure, maman expliqua que nous étions très fatigués. Elle demanda à Georg s'il ne voyait pas d'inconvénients à ce que nous emménagions tout de suite pour pouvoir nous reposer. Georg, très serviable, nous accompagna jusqu'à sa demeure.

La maison possédait de vastes chambres et un grand bureau. Les anciens propriétaires l'avaient construite pour héberger les touristes pendant la saison estivale. Nous choisîmes nos chambres et nous mîmes à notre aise. Je remarquai que maman attendait que j'aille au lit pour rester en tête à tête avec Georg. Heureusement, j'avais apporté dans mes valises un vieil amplificateur de sons que j'avais bricolé pour écouter à travers les murs. Ceux de la maison étaient en bois, ce qui me permit d'obtenir de bons résultats. J'appliquai la petite ventouse de mon appareil contre la cloison du salon et me concentrai tel un docteur avec son stéthoscope. Leur discussion tournait toujours autour des Tuatha Dé Danann, du mystère de leur disparition, du rôle des cercles de pierres et des dolmens. Maman parlait à voix basse, mais je réussis à capter quelques phrases. Je l'entendis prononcer le prénom de papa : John, puis les mots monastère et manuscrit. Georg paraissait étonné. C'est l'instant que choisit mon appareil pour commencer à grésiller. J'avais sollicité l'amplificateur trop longtemps… Il rendait l'âme en ayant à peine servi, au moment où l'enquête devenait intéressante !

De la vraie camelote ! m'énervai-je en le jetant dans mon sac.

Georg nous fit visiter dès le lendemain le parc du Connemara. Jamais je n'avais vu d'endroit à la fois aussi beau et aussi désolé.

« Regarde bien ! me dit maman. C'est la vieille peau de la terre. Elle te paraît stérile, avec ses étendues de tourbe et ses montagnes dénudées, mais si tu sais la regarder, elle contient tous les mystères d'Irlande. »

Nous passâmes non loin de la crevasse des Twelve Pins où papa avait disparu. J'insistai pour qu'on y fasse une halte. Maman voulut rester dans la voiture. Georg me conduisit finalement sur le lieu du drame : un énorme gouffre que papa avait voulu sonder. Il n'était jamais revenu.

« Les secours ont travaillé jour et nuit pendant deux semaines, m'expliqua Georg. Mais cette crevasse est truffée de galeries et de siphons souterrains. On n'a jamais retrouvé son corps. »

Tandis que Georg parlait, je me remémorais la dernière fois que j'avais vu papa. Il avait prévu de m'emmener avec lui dans son pays, mais une grippe m'avait cloué au lit. Il m'avait salué, comme à son habitude, en me tapotant la joue.

Nous repartîmes à travers la lande. Maman et moi étions plongés dans une profonde mélancolie, mais Georg réussit à détendre l'atmosphère : il arrêta la voiture près d'un lac et nous proposa une longue promenade. Comme maman et lui dissertaient à nouveau sur le même sujet, les Tuatha Dé Danann, je décidai de grimper sur un sommet pour admirer le paysage. Autour de moi, deux mondes se faisaient face : celui, aérien, des massifs et celui des lacs, où se reflétait l'exacte silhouette des montagnes immobiles. Je fermai les yeux et gonflai mes poumons. Comme l'air était enivrant ! C'était sûrement le sang de papa qui bouillonnait dans mes veines, content de retrouver son pays, ses terres sauvages.

Je me dis que maman avait eu raison de vaincre ses appréhensions, de revenir sur cette terre avec moi. J'avais vraiment hâte de me faire de nouveaux camarades et de découvrir, de l'intérieur, la région où papa avait grandi.

chapitre 5

L'école de Clifden était un petit bâtiment balayé par les vents marins. Le jour de la rentrée, je me sentis perdu au milieu de tous les élèves. J'étais seul dans mon coin lorsqu'un garçon de mon âge vint à ma rencontre :

« Bonjour, me dit-il. Je m'appelle Stephen... Stephen Joyce. »

Il avait un regard espiègle, exactement comme je les aime.

« Bonjour, répondis-je. Moi, c'est William... William O'Sullivan. »

Il dut noter mon accent, car il demanda :

« Tu es irlandais ?

— Mon père était irlandais… »

Les enseignants appelèrent les élèves.

« Conneely… Conroy… Feneran… Gaughan… Kelly… Kirby… Joyce… »

Le nom de Stephen fut scandé par le professeur d'éducation physique.

« Lowry… O'Donnell… O'Malley… O'Neill… O'Sullivan… »

J'étais avec lui ! Nous longeâmes les clôtures de l'école et arrivâmes devant une salle de sport. Notre professeur fit une nouvelle fois l'appel pour apposer un visage sur chaque nom, puis nous demanda de nous mettre en tenue. Il nous montra des échauffements de base et sortit les tapis pour la gymnastique au sol. Quelle barbe ! Moi qui voulais faire du rugby ! Heureusement, le cours s'égaya très vite : fuyant la pluie qui ravageait les terrains extérieurs, les filles occupèrent une partie du gymnase. Leur professeur fit une marque sur deux cordes à six mètres de hauteur. À son signal, deux filles devaient grimper le plus vite possible. La gagnante était celle qui parvenait la première aux six mètres.

« Regarde, m'avertit Stephen. Voilà Maggie.

C'est la plus forte. L'année dernière, elle a ridiculisé toutes les autres. »

Effectivement, aucune ne parvenait à la vaincre.

« Ce n'est pas encore cette année que vous me battrez ! » claironnait-elle.

Une vraie tête à claques, cette fille ! me dis-je.

Ce fut à cet instant que j'aperçus Fiona. Je m'en souviendrai toute ma vie. Depuis le début de la séance, elle attendait, assise à l'écart.

« C'est une nouvelle, lâcha Stephen. Comme toi... »

Elle se leva. Sa manière bien à elle de détendre doucement son corps me laissa sans voix. Comment dire... elle ne se déplia pas... Non, elle se détendit légèrement, sans forcer, comme portée par des mains invisibles, et ensuite... elle marcha. Lorsqu'elle posait le pied, on avait l'impression que rien, absolument rien ne pouvait l'arrêter. Pourtant, ce n'était pas une démarche puissante, ni volontaire. Elle semblait flotter...

« Hé ! Réveille-toi ! me lança Stephen. Regarde ! »

Il me montrait Maggie toisant Fiona du haut de son mètre soixante-cinq.

« Toi, la nouvelle, je vais te mettre au pas ! »

Fiona frictionna ses cuisses pour les échauffer et se positionna devant la corde.

Chacune respira profondément, puis le coup de sifflet retentit.

Maggie s'élança avec une rapidité déconcertante. Elle empoigna la corde comme une tigresse et avala les premiers mètres. À mi-parcours, elle jeta un coup d'œil sur sa concurrente… Et ce fut le désarroi ! Car Fiona ne s'était pas élancée, elle n'avait pas empoigné la corde comme l'avaient fait les autres concurrentes… Non, Fiona s'enroulait autour de la corde comme une couleuvre, glissait contre elle, aspirée par les hauteurs. En une poignée de secondes, elle atteignit la marque des six mètres. Stupeur dans le rang des supporters de Maggie ! Silence chez les autres.

« Tu as triché ! hurla Maggie. Tu es partie avant moi ! »

Fiona ne s'énerva pas. Elle descendit tranquillement et retourna s'asseoir près des bancs du vestiaire.

« C'est la première fois que je vois ça ! lançai-je. Elle est incroyable, cette fille !

— Elle est géniale ! rétorqua Shannon, une copine de Stephen. Et vous savez quoi ? »

Nous nous regardâmes.

« Non ?

— Elle est aveugle… »

chapitre 6

Je ne dormis pas de la nuit. Je n'essayai même pas de réparer l'amplificateur de mon « stéthoscope » : le secret de maman passait au second plan après ce que je venais de vivre.

« Qui est cette fille ? » répétai-je en me retournant dans mon lit.

Fiona avait percuté ma vie comme une météorite. Si quelqu'un avait pu dessiner les contours de mon âme, cette nuit-là, il aurait d'abord tracé un gros cratère du côté du cœur, avec, à l'intérieur, un magma de questions en ébullition.

« D'où vient-elle ? Et si elle n'était pas aveugle ? ! Si elle faisait semblant ? ! Comment expliquer, sinon, qu'elle se déplace avec autant de facilité ? »

Je me réveillai le lendemain avec les yeux rouges et le cœur en émoi. Il fallut que Stephen m'assurât que tout ce que nous avions vécu la veille s'était réellement passé, car je commençais à croire que j'avais rêvé.

Nous allions franchir la grille de l'école lorsqu'une voiture bleue se gara derrière nous. La portière s'ouvrit et Fiona en sortit.

« À midi ! » lança une voix du véhicule.

Fiona avança dans la cour, évitant les obstacles comme si elle les devinait. Puis un surveillant vint à sa rencontre, la prit par le bras et se dirigea avec elle vers le bureau du directeur.

« C'est après ce qui s'est passé hier ! expliqua Stephen. Les professeurs n'en sont toujours pas revenus. Le directeur a dit qu'il voulait voir le phénomène. »

Shannon arriva à cet instant :

« Vous savez quoi ? J'ai appris qu'elle habitait au refuge de Kylemore, à vingt kilomètres d'ici.

— Le refuge pour oiseaux ? demanda Stephen.

— C'est ça. Il paraît qu'il appartient à son père. »

Nous débutâmes la journée par le cours de mathématiques. Ma matière préférée ! Les calculs, les problèmes, les démonstrations, tout ce qui exigeait des acrobaties mentales me passionnait. Le professeur, monsieur Wallace, était malheureusement un homme strict qui ne me plaisait guère.

Au bout d'une demi-heure, Fiona n'était toujours pas là.

J'essayais de me concentrer sur les exercices, mais le cœur n'y était pas. Impossible d'écrire un chiffre sans penser à elle.

Enfin, trois petits coups secs retentirent. Toute la classe se tut. Monsieur Wallace déplia ses longues jambes et ouvrit la porte. Fiona se tenait seule, debout.

« Entre ! » dit le professeur.

Elle fit quelques pas et s'installa à une table.

« Reprenons ! lança monsieur Wallace. Les entiers naturels comprennent donc... »

Fiona était assise deux rangées derrière moi, sur ma droite. Stephen me donna un coup de coude.

« Elle ne prend jamais de notes, évidemment... »

Je tenais ma tête dans ma main gauche, le regard de travers, de manière à guetter ses moindres mouvements. Fiona ne bougeait pas... De petites mèches rousses tombaient sur son front. Je réussis à distinguer la couleur de ses yeux, malgré la distance qui nous séparait. Ils étaient verts, verts comme l'Irlande... et pointaient comme deux cristaux d'émeraude. À quoi pensait-elle ? Écoutait-elle le professeur ? J'étais plongé dans mes réflexions lorsque monsieur Wallace me prit à partie :

« William, peux-tu répéter ce que je viens de dire ?

— Euh... vous parliez de... je ne sais plus...

— Fiona ! continua le professeur. Aide William, s'il te plaît ! »

Mon cœur fit un bond. Je n'osai pas me retourner.

Fiona ne répondit pas.

« Fiona ! insista monsieur Wallace. Peux-tu répéter...

— Je m'appelle Fiona O'Flaherty, l'interrompit-elle.

— Et alors ? » s'exclama le professeur.

Elle ajouta calmement :

« Je ne suis pas un perroquet. »
Nous eûmes du mal à contenir notre rire.
« Reprenons ! » décida le professeur, agacé.

chapitre 7

Il me semblait avoir vécu plus d'aventures durant ces premiers jours en Irlande que durant tout le reste de ma vie. Stephen m'aidait pendant les cours lorsque le sens de certains mots anglais m'échappait, mais, dans l'ensemble, je me débrouillais correctement. C'est incroyable comme il est facile de pratiquer une langue quand on se sent bien ! La présence de Fiona y était pour quelque chose…

Maman s'étonna des efforts que je fournissais : je notais tous les nouveaux mots sur un répertoire et les récitais chaque jour.

« Ça te réussit, l'Irlande ! » me dit-elle.

Georg rentra un soir avec un gros dictionnaire de gaélique ancien. Après le dîner, maman et lui s'enfermèrent dans le bureau. « Ils sont en train de traduire le manuscrit », pensai-je. Je pestai contre l'amplificateur qui m'avait lâché dès le premier soir.

De toute façon, avec les événements des derniers jours, j'avais d'autres idées en tête... Je m'endormis cette nuit-là en rêvant que Fiona se penchait sur mon visage et me parlait. Ses cheveux roux se mêlaient aux nuées d'oiseaux qui peuplaient le ciel. Les nuages s'étiraient autour de ses mèches en de longs rubans diaphanes. Je ne parvenais pas à comprendre ses paroles, mais le timbre de sa voix me rassurait.

Le cours d'histoire-géo fut le dernier de la semaine. Une heure sur le thème de l'homme du néolithique avec mademoiselle Pryce, une professeure plutôt sympa. Coincé entre Stephen et la fenêtre, j'épiais les moindres gestes de Fiona, mais la récolte fut maigre : elle restait toujours immobile. La professeure inscrivait les titres des chapitres au tableau. Nous nous penchions tous simultanément pour les recopier sur nos cahiers ;

tous sauf Fiona, qui fixait inlassablement le mur blanc, droit devant elle.

« Nous avons parmi nous un Français, intervint mademoiselle Pryce en s'approchant de moi. As-tu vu les fameux alignements de menhirs de Bretagne… ceux de Carnac ?

— Oui ! répondis-je fièrement. Je les ai visités avec ma mère. Il y a des centaines de pierres à perte de vue.

— C'est la collection de menhirs d'Obélix ! s'exclama Stephen.

— Mais non ! répliqua James. C'est le druide Panoramix qui a pétrifié une légion de Romains avec une formule magique ! »

Toute la classe se mit à rire.

« Très drôle, très drôle… commenta la professeure. Je vous signale quand même que ce ne sont pas les Gaulois qui ont dressé ces pierres. Ce sont les hommes du néolithique, il y a plus de cinq mille ans. Ils ont même réussi à transporter des blocs pesant presque trois cents tonnes sur plusieurs kilomètres. On ne sait toujours pas comment…

— Il fallait vraiment qu'ils aient du temps à perdre, lança la taciturne Maggie.

— C'était ça ou l'école ! » ajouta Stephen, déclenchant aussitôt l'hilarité générale.

« Voyons maintenant le célèbre site de Newgrange », poursuivit la professeure.

Elle parlait du grand tumulus que j'avais visité avec maman en arrivant en Irlande. Je me souvenais des nombreuses spirales gravées sur les pierres. J'avais appris que les hommes qui avaient construit ce monument l'avaient orienté en fonction de la course du Soleil. Un guide avait mis en marche un système lumineux pour montrer comment, le 21 décembre, après la plus longue nuit de l'année, les premiers rayons du matin pénétraient entièrement dans le tumulus. C'était le seul moment de l'année où la chambre située au milieu du tertre était éclairée par le Soleil !

« Il s'agit certainement du plus beau monument d'Irlande, expliqua mademoiselle Pryce. Et l'un des plus vieux au monde, puisqu'il a été construit avant les pyramides d'Égypte. Pour ceux qui ne l'ont encore jamais visité, je rappelle que c'est une énorme butte de terre contenant des chambres et dont la façade est constituée d'une multitude de pierres de quartz.

— Moi, je l'ai vu, s'exclama James. Même que, de loin, on dirait une soucoupe volante !

— Quand tu la verras décoller, tu me feras signe ! » lança Shannon.

Croyant sûrement bien faire, mademoiselle Pryce s'approcha de Fiona et lui demanda :

« As-tu déjà visité Newgrange ? »

Un grand silence s'installa. Stephen me donna un léger coup de coude, signifiant par là que la professeure venait de commettre une bourde. Comment Fiona, qui était aveugle, pouvait-elle visiter un monument ?

« J'ai senti les pierres... » répondit-elle.

La professeure comprit à cet instant la maladresse de sa question.

« Ne soyez pas gênée, ajouta Fiona. J'ai vu Newgrange... à ma manière.

— Oui... bien sûr, bredouilla mademoiselle Pryce.

— Les pierres respirent...

— Pardon ?

— C'est le souffle de la Terre... continua Fiona. Les pierres respirent avec la Lune et le Soleil... Demandez aux oiseaux ce qu'ils pensent de Newgrange ! Ils vous diront combien c'est enivrant de survoler les pierres… de se laisser porter par la respiration de la Terre. »

À cet instant retentit la sonnerie annonçant la fin des cours. Nous aurions dû sauter de table en jetant nos cahiers dans nos sacs, mais nous restâmes cloués sur place. Fiona s'était tue. La professeure reculait lentement vers son bureau, visiblement déconcertée.

« Bien, lâcha-t-elle. Vous relirez cette leçon pour la prochaine fois… Bon week-end, les enfants ! »

Nous nous levâmes en silence et sortîmes de la salle. Fiona quitta sa place, rejoignit la cour et s'engouffra dans la voiture bleue qui l'attendait devant l'école.

chapitre 8

Maman et Georg n'arrêtèrent pas de parler de leurs recherches pendant le dîner. À les entendre, ils étaient sur le point de faire une découverte aussi importante que la fameuse tombe de Toutankhamon ! Après deux semaines d'acharnement, le vieux manuscrit avait dû commencer à leur livrer quelques secrets. Peu importe… Pour moi, l'événement le plus palpitant de cette fin de siècle était de loin ma rencontre avec Fiona. Je passais toute la soirée à arpenter ma chambre comme un lion en cage.

« Mais enfin, qu'est-ce que tu as ? s'inquiéta maman.

— Je ne sais pas… répondis-je.

— Ça n'a pas été, à l'école ?

— Si… si !

— Alors, qu'est-ce qui ne va pas ?

— Rien… ça va passer… »

Elle se retira et s'enferma dans la salle à manger. J'étais persuadé qu'elle allait se précipiter sur le téléphone et appeler la mère de Stephen. Je plaquai mon oreille contre la porte du salon.

« Allô ! Bonjour, madame Joyce. C'est madame O'Sullivan à l'appareil, la maman de William. Stephen vous a sûrement parlé de lui. Je vous appelle à son sujet. Il m'intrigue, en ce moment… Stephen vous a-t-il dit quelque chose ? Ah !… Ah !… Oui, bien sûr… Ah bon ? Quand ça ? Vous croyez ? »

Stephen avait lâché le morceau ! Lui et ses allures de caïd… Il s'était étalé comme une mauviette devant sa mère !

Je regagnai mon lit avant que maman ne repose le combiné.

« Qui est cette fille ? demanda-t-elle en surgissant dans ma chambre.

— Quelle fille ? Ah !…. La nouvelle de l'école…

— C'est elle qui te met dans tous ces états ?

— Qui t'a raconté ça ?

— Tu le sais très bien ! Tu crois que je ne t'ai pas entendu m'épier au téléphone ? »

Maman était redoutable. Maligne et redoutable.

Plutôt que de s'asseoir à mes côtés pour discuter sereinement, elle se jetait sur moi comme une tigresse. Elle ne supportait pas que je lui mente et, bien sûr, j'éprouvais un réel plaisir à lui mentir…

« Tu ne peux pas me laisser tranquille ? » lançai-je en soupirant.

Elle claqua la porte, traversa le couloir et rejoignit Georg dans le bureau. Après quelques minutes, elle vint me retrouver dans ma chambre.

« Excuse-moi, dit-elle. Je suis un peu énervée, ces temps-ci… »

Je ne répondis pas.

« Je suis heureuse que tu te fasses des amis… Tu peux les inviter ici, si tu veux… Georg est d'accord.

— Alors, là ! Pas question ! J'ai le droit d'avoir mes secrets, moi aussi !

— Je vois… Tu m'en veux de ne pas tout te dire. Je t'expliquerai bientôt. Sois patient… »

Elle se leva et gagna la porte.

« Maman ! Demain matin, je voudrais prendre le vélo de Georg pour faire une balade autour de la ville.

— Pas de problème, je vais le lui dire. »

J'avais beau essayer de me calmer, l'image de Fiona revenait sans cesse. Elle entrait dans ma tête, s'installait dans mon cerveau et, surtout, elle me regardait droit dans les yeux. Elle qui était aveugle me regardait droit dans les yeux ! Ça devenait grave ! Une chose était sûre : les quelques mots qu'elle avait prononcés pendant le cours d'histoire-géo en avaient intrigué plus d'un. Qu'avait-elle voulu dire par : les pierres respirent ? J'avais lu de nombreux livres traitant du développement de la vie sur Terre. Je me souvenais de passages consacrés aux échanges gazeux entre les organismes et l'air, mais je n'avais jamais rien trouvé concernant une quelconque respiration minérale !

Je me retournai dans mon lit, plongeai ma tête sous l'oreiller et fermai très fort les yeux. Après un long moment, je réussis à évacuer l'image de Fiona.

Je me remis sur le dos et laissai mon imagination vagabonder sur les fissures du plafond : « Une lézarde par-ci... Une lézarde par-là... Tiens ? Une autre là-bas ! Je ne l'avais pas remarquée, celle-là... Elle a le profil de... Oh, non ! »

Fiona revenait ! Elle était partout...

Impossible de m'endormir ! Je sortis de la chambre, me faufilai dans le séjour et pris le téléphone.

« Allô, madame Joyce ? C'est William ! Je voudrais parler à Stephen, s'il vous plaît... merci ! »

Stephen crut que j'allais l'incendier pour les infos données à sa mère, mais je lui expliquai qu'il y avait maintenant bien plus grave : il fallait qu'il me dise ce qu'il pensait de Fiona.

« Que veux-tu savoir ? soupira-t-il.

— Comment tu la trouves ?

— Comme tout le monde... bizarre.

— C'est tout ?

— Oui, c'est tout. Par contre, il y a une chose que je sais...

— Quoi ?

— Tu es amoureux d'elle ! »

Je restai un long moment suspendu au téléphone.

« Allô ? William ?... »

chapitre 9

À cheval sur la bicyclette de Georg, je bravais le vent. La route menant au refuge de Kylemore était très sinueuse.

« Fiona, Fiona… », chantais-je à tue-tête.

Pour être amoureux, je l'étais ! Ça ne faisait aucun doute. Après un quart d'heure de route, je trouvai ma vitesse de croisière. Je fis une halte à neuf heures et atteignis mon objectif sur le coup de dix heures. L'amour me donnait des ailes… Tout excité, je laissai mon vélo à l'entrée du parc et me présentai devant un vieil homme occupé à réparer une barrière. Son visage était horriblement dissymétrique : l'œil droit regardait de travers et une longue cicatrice balafrait sa joue gauche.

« Bonjour ! Je voudrais voir Fiona, s'il vous plaît.

— Fiona ? répondit l'individu.

— Oui, Fiona… Fiona O'Flaherty. On m'a dit qu'elle habitait ici.

— Elle ne sera pas là avant cet après-midi.

— Cet après-midi ? »

Toute la fatigue du voyage s'abattit sur moi.

« Tu en fais une tête ! Tu devais la voir ?

— Non… enfin… je suis venu exprès…

— Eh bien, entre ! dit le vieil homme. Il y en a des choses à voir, ici ! Tu n'auras pas le temps de t'ennuyer. »

Il mit sa grosse main velue sur mon épaule et me poussa gentiment à l'intérieur du parc.

« Qu'est-ce qui m'a pris de venir ici, soupirai-je. C'est tout moi, ça ! Dès que je suis amoureux, je fais n'importe quoi ! »

Plusieurs oiseaux m'observaient, perchés sur les arbres. J'avais l'impression qu'ils entendaient chacune de mes pensées.

Ce sentiment étrange me mit si mal à l'aise que je rebroussai chemin et sortis le plus vite possible du parc. Avant que je n'atteigne la bicyclette, le vieil homme me reprit par l'épaule et m'entraîna dans une allée.

« Je ne t'ai pas présenté Bran, me dit-il, le cheval de Fiona. Il serait vexé si tu repartais maintenant. Suis-le, il te servira de guide… »

Bran était un cheval brun à la robe tachetée. Sa crinière tombait négligemment sur ses grands yeux. Ses coups de tête énergiques rappelaient aux visiteurs qu'il adorait le sucre. Ça tombait bien… j'en avais mis dans ma poche pour me prémunir d'une éventuelle fringale pendant le voyage. Il engloutit ses friandises préférées et se retira, songeur, dans les allées. Vous pensez qu'il m'aurait remercié ?

« Tu pourrais m'attendre ! criai-je. Si ta maîtresse a le même caractère que toi… »

Le refuge de Kylemore était une parcelle de lande qui s'étirait en bordure d'un lac. À son retour de guerre, le grand-père O'Flaherty était tombé sous le charme de cette terre délaissée par ses aïeux. Passionné par les oiseaux, il en avait fait un lieu d'observation et de soins dont la réputation avait rapidement dépassé le cadre de la région. Le site avait été récemment choisi pour réintroduire en Irlande le pygargue à queue blanche, appelé aussi l'aigle de la mer. Cette espèce avait presque totalement disparu de l'île. Ce fut en tout cas ce que je lus sur le panneau d'information. Des buissons de bruyère couraient sur les berges. Non loin de la rive, la silhouette harmonieuse d'une petite colline équilibrait le paysage. Toute cette partie sauvage était fascinante mais, en contournant les bâtiments, je réalisai qu'un autre monde était là, en attente : des rapaces blessés enfermés dans des volières… des faucons, des busards, des éperviers et, à l'écart, un grand aigle de mer, dressé tel un empereur sur un promontoire de sa cage.

« Ça te plaît ? » entendis-je soudain derrière moi.

Je me retournai et découvris Fiona enlaçant l'encolure de Bran. Gêné par le contre-jour, je distinguai à peine les traits de son visage. Par instants, le vent soulevait ses cheveux roux et les mêlait à la crinière du cheval.

« Salut… lançai-je, intimidé. Je suis venu voir le parc…

— Ce n'est pas ce qu'on m'a dit. »

Je rougis si fort qu'elle dut le sentir. Ce qu'on peut être bête quand on est amoureux !

Voilà que je ne savais même plus mentir !

« En fait… répondis-je. J'avais envie… de te voir. »

Son regard vide se posa sur moi.

« Je t'intrigue. »

Elle ne pouvait pas être plus directe. Je voulus me dérober, mais toute esquive me parut dérisoire.

« Ben… oui », avouai-je timidement.

Elle sourit et posa sa tête sur l'encolure de Bran.

« Tu veux être mon ami ? »

Que m'arrivait-il ? Il me semblait que le soleil m'ouvrait ses bras, que le chant des oiseaux couvrait la lande de « hourrah ! », que les bruyères, le lac balançaient tiges et vagues pour fêter ce miracle : Fiona était amoureuse de moi !

« Je n'ai pas dit *mon amoureux*, ajouta-t-elle. J'ai dit *mon ami*, un vrai ami, un ami pour la vie… »

chapitre 10

Un saut d'eau glacée sur la tête. Tel fut l'effet de ces quelques mots. Quelle déception ! Pourquoi avais-je avalé tous ces kilomètres ? Douze, je les avais comptés consciencieusement, la langue pendante et le cœur en ébullition. Tout ça pour m'entendre dire qu'elle daignait m'accepter comme ami ! J'étais fou amoureux d'elle ; elle le savait, j'en étais sûr, et pour ne pas me faire de peine, elle me donnait un prix de consolation… Le problème, c'est que je n'en avais rien à faire, de son prix de consolation. Mon dédain fut à la hauteur de ma déception :

« Oh, tu sais, moi… les amies… »

Elle prit Bran par la bride et fit demi-tour. J'avais gagné ! Elle savait à présent qu'on ne pouvait pas me faire de mal impunément. J'étais peut-être moche, plein de boutons sur les joues, tout ce qu'on voudra... mais j'avais aussi ma fierté ! La colère passée, les premières idées claires s'imposèrent :

« Elle est aveugle, suis-je bête ! Elle ne voit pas... Ce n'est pas une question de boutons... Elle a peut-être besoin d'un peu de temps. »

Lorsque je posai à nouveau le regard sur l'allée, Fiona et Bran avaient disparu. Je courus pour les rattraper.

« Fiona ! Fiona ! Où es-tu ? »

Elle ne pouvait pas être très loin. Elle s'était peut-être cachée pour me surprendre. Je marchais lentement, attendant le moment où elle surgirait. Les minutes passaient. Fiona restait invisible.

« D'accord. Puisque c'est comme ça, je repars ! »

Je rebroussai chemin et atteignis la sortie.

« Eh bien, petit, tu nous quittes déjà ? s'étonna le vieil homme à l'entrée du parc.

— Déjà, oui !

— Et Fiona ? demanda-t-il. Tu ne l'attends pas ?

— Ça y est. Je l'ai vue.

— Ah ! fit l'homme embarrassé. Ça n'a pas été. »

Je ne répondis pas.

« Tu sais, Fiona…

— Oui, je sais.

— Elle est sauvage… elle a toujours été seule…

— Ce n'est pas une raison pour me planter comme ça ! » répondis-je en enfourchant mon vélo.

Le vieil homme se mit à rire. Enfin, rire… si on veut : quelque chose entre le nasillement du canard et le hennissement du cheval.

« Vous trouvez ça drôle ?

— Ne t'inquiète pas ! C'est tout Fiona ! Elle a toujours été rebelle… et seule… toujours seule…

— Pas d'amis ?

— Les amis ? continua-t-il en riant de plus belle. Ça n'existe pas, dans son vocabulaire ! »

Je tournai la tête et plantai mon regard dans ses yeux.

« Comment ça ?

— Ou plutôt si ! ajouta-t-il. Ça fait partie des mots… sacrés. Le genre de mots qu'on ne prononce qu'une fois.

— Une fois ?

— Attends de la connaître… tu verras. »

« Une fois » : ces deux mots rebondirent dans ma tête. Je courus à toute allure à travers le parc.

« Fiona ! Fiona ! criai-je à tue-tête. Fiona ! »

J'aperçus enfin sa silhouette au sommet de la colline. Le vent soufflait si fort que je peinais pour la rejoindre.

« Fiona ! Excuse-moi ! Je veux être ton ami ! Tu entends… ton ami ! »

chapitre 11

Fiona ne répondit pas. Ses paupières étaient closes. J'observai longtemps son visage baigné de lumière.

« William, demanda-t-elle. Pourquoi es-tu venu en Irlande ?

— C'est ma mère, lançai-je en reprenant ma respiration. Elle recherche une tombe.

— Tu crois qu'elle la trouvera ?

— Je n'en sais rien. Elle ne me dit pas grand-chose.

— William… Ça me fait du mal chaque fois qu'on touche à la terre, qu'on la gratte pour déterrer des choses qui sont restées si longtemps dans l'obscurité... C'est comme si... »

Elle ne termina pas sa phrase.

« Comme si quoi ?

— Comme si on lui arrachait des secrets... »

Je ne compris pas très bien ce qu'elle voulait me dire. De toute façon, elle ne me laissa pas le temps de réfléchir. Elle me prit par la main et me fit dévaler la colline.

« Attention ! Fiona ! Tu es folle ! Arrête !

— N'aie pas peur ! cria-t-elle. N'aie pas peur et rien ne t'arrivera ! »

Elle riait, riait, frôlant les buissons et manquant mille fois de se prendre les pieds dans les ronces.

« C'est beau d'avoir un ami, me dit-elle. C'est vraiment beau ! »

chapitre 12

Fiona était amoureuse, amoureuse de la vie. Le moindre frémissement d'air était pour elle un miracle. L'air… N'était-ce pas lui qui la reliait au reste du monde ? En l'observant dans ses déplacements, je me dis qu'elle devait s'orienter principalement grâce aux sons, comme tous les aveugles.

« Détrompe-toi, me dit-elle au détour d'un chemin. Je ne suis pas tout à fait aveugle… Il y a différentes manières de voir. »

Ça, c'était Fiona. Elle avait l'art d'enrober tout ce qu'elle disait d'un halo de mystère. Comment une telle fille pouvait-elle supporter quelqu'un d'aussi rationnel que moi ?

« Pourquoi ? lui demandai-je finalement. Pourquoi m'as-tu proposé d'être ton ami ?

— Qu'est-ce que tu peux poser comme questions ! répondit-elle en soupirant. Peut-être le timbre de ta voix... ou ta douceur... »

Je n'appréciai pas ce dernier mot. Être doux, pour moi, c'était être faible. Les bagarres à l'école n'étaient pas mon jeu favori, mais les épreuves de force étaient un passage nécessaire pour s'imposer.

« Ne le prends pas mal, continua-t-elle. Ça fait une semaine que je suis dans cette école et les filles n'arrêtent pas de répéter que les garçons sont bêtes, qu'ils ne pensent qu'à se battre.

— Peut-être, mais en cachette, elles aiment les plus costauds, les cracks...

— Et puis elles s'en lassent... »

Voilé pendant quelques minutes, le soleil venait de réapparaître. Une petite brise parcourut la surface du lac. Fiona leva la tête. L'air... toujours l'air... les bruits, les sons, les voix... mais aussi les caresses de l'air... Cette chaleur qui picotait la surface de ma peau, Fiona l'accueillait dans son corps. Son regard vide devenait alors un autre regard, transformé par l'expérience du feu au fond de soi.

« Tu perçois des teintes... des fantômes de couleurs, dans ta nuit ?

— C'est difficile à expliquer, répondit-elle. J'ignore à quoi ressemble votre lumière... »

Sa voix changeait. Je l'observais et la trouvais belle... J'étais presque triste de ne pouvoir l'accompagner. Alors je fermais les yeux, respirais profondément et allais puiser la chaleur au fond de moi afin de partager avec elle l'expérience de sa lumière. Et les parfums... que dire des parfums ? Fiona avait un odorat vraiment exceptionnel ! Toutes ces senteurs qui voyageaient dans les airs, elle les attrapait, fermait les paupières, respirait un grand coup et les fixait sur ses papilles.

« Pas fixer ! s'indignait-elle. Un parfum ne se fixe pas ! C'est une petite vie qui passe, légère... et qu'il faut savoir remercier quand elle nous quitte. »

Nous voyageâmes tout l'après-midi au seul repère des odeurs : une fleur par-ci, un buisson par-là. Fiona pestait contre Bran chaque fois qu'il approchait… un vrai brouilleur de parfums, celui-là !

« Écoute ! » me dit-elle soudain.

Je tendis l'oreille et perçus des clapotis.

« C'est le rouge-gorge… il fait sa toilette. »

Elle connaissait les habitudes de tous les hôtes du refuge. Je me souviendrai toujours de cet après-midi et je donnerais beaucoup pour revivre ces instants, une fois, rien qu'une fois. Comment oublier la chaleur de ses doigts ? Avant elle, personne ne m'avait tenu la main avec autant de délicatesse, autant d'attention. J'avais le sentiment qu'elle percevait chacune de mes sensations.

« Quel est l'oiseau que tu préfères ? demanda-t-elle soudain.

— Je ne sais pas…

— Tu as bien une idée !

— Eh bien, je dirais… le cygne.

— Alors, je serai ton cygne…

— Tu es quand même spéciale, lançai-je. C'est comme ces histoires de pierres et de respiration dont tu as parlé au collège.

— Ce ne sont pas des histoires.

— Tu ne vas pas me dire que les pierres respirent ! m'exclamai-je en riant. Tu me prends pour un imbécile ? »

Fiona tourna brusquement la tête. Les traits de son visage s'étaient durcis.

« Tu n'as rien à faire ici, me dit-elle. Bran ! »

Le cheval arriva au galop. Elle se pencha à son oreille et lui murmura quelques mots. L'animal redressa la tête et avança vers moi.

« Hé là ! Doucement ! Doucement ! »

Bran ne m'écoutait pas. Il me poussait avec détermination vers la sortie.

« Mais ! Arrête ! Qu'est-ce que j'ai dit ? »

Fiona resta droite comme un chêne. Tous mes efforts pour revenir vers elle furent vains. Bran accentua sa poussée et me contraignit à sortir du parc. Furieux, je lançai avant de partir :

« Je comprends que tu n'aies pas d'amis ! Il y a quelque chose qui ne va pas, chez toi ! »

chapitre 13

Je rentrai assez tard à la maison. Maman et Georg n'étaient pas là et c'était tant mieux, car je n'avais pas du tout envie de discuter.

J'ouvris une boîte de conserve et me couchai.

« Quel fiasco ! Ça avait pourtant bien commencé ! Elle est complètement folle, cette fille ! »

Je me réveillai le lendemain matin avec une boule d'amertume dans la gorge.

« C'est elle qui t'a rejeté ! Tu n'as rien à te reprocher, me répétai-je. Tu ne vas quand même pas croire à ces histoires de pierres uniquement pour lui faire plaisir ! »

Ce dimanche-là fut triste. On n'efface pas du

jour au lendemain le souvenir d'une main blottie dans la sienne. Les doigts de Fiona avaient été si doux... Peut-être aurais-je dû être moins arrogant ? Peut-être m'aurait-elle expliqué qu'elle entendait les pierres respirer comme elle sentait le parfum des plantes... Qu'est-ce que ça pouvait faire, après tout ?

« Tais-toi, William ! me dis-je alors. Quelqu'un capable de dire : "Qu'est-ce que ça peut faire, après tout !" est tout sauf un ami. Un véritable ami n'est pas indifférent. Il dérange, il avertit, il secoue, il ne se gêne pas pour dire les choses en face. J'ai eu raison de lui dire qu'il ne fallait pas me prendre pour un imbécile ! Ça va peut-être la faire réfléchir. Il faut qu'elle fasse attention, ou bien elle finira dans un asile... »

Maman se leva tard, comme tous les dimanches. Elle avait passé la nuit dans un pub avec Georg et des amis. Une fois douchée et habillée, elle me rejoignit dans le salon.

« Tu n'as pas l'air dans ton assiette ! remarqua-t-elle. Tu t'es bien promené ?

— Bof...

— Oh là ! Toi, ça ne va toujours pas ! Tu veux...

— Je n'ai pas envie de discuter !

— Bien ! Je n'insiste pas. »

Georg se leva au moment du déjeuner. Maman avait préparé une salade d'algues au tofu assaisonnée de jus de citron. Une fois rassasié, je choisis de me prélasser devant le poste de télévision.

En fait, je n'arrêtais pas de penser à Fiona.

Quel culot ! me dis-je. M'avoir rejeté comme elle m'a rejeté ! Je ne lui pardonnerai jamais !

« Tu pourrais bouger un peu, s'indigna soudain Georg en sortant de la cuisine. On dirait que tu es venu en Irlande pour dormir. »

J'étais suffoqué ! De quoi se mêlait-il, celui-là ? Il fallait le voir, toute la journée, le nez collé au vieux manuscrit.

Par provocation, je m'étendis de tout mon long sur le canapé… et finis par m'assoupir.

« Je vais prendre l'air ! » annonça Georg.

J'entendis claquer la porte de la maison.

« William ! lança maman.

— Quoi ?

— Il est temps que tu saches…

— Que je sache quoi ?

— Les raisons pour lesquelles nous sommes venus ici… »

chapitre 14

« **Je t'ai souvent parlé** des Tuatha Dé Danann, me confia-t-elle. Selon la légende, les cercles de pierres, les dolmens et les menhirs sont des lieux où ils se seraient réfugiés après leur défaite contre les Gaëls. Écoute maintenant ce que je vais te dire : il y a quelques mois, j'ai trouvé un document sur lequel travaillait ton père avant sa disparition, un vieux manuscrit du douzième siècle écrit par un moine irlandais.

— Je sais… Vous êtes en train de le traduire.

— Je vois que tu as mené ta petite enquête, dit-elle derrière un sourire. Mais c'est plus qu'une traduction. Il est parsemé de caractères étranges destinés à décourager le premier lecteur venu. Certains sont même invisibles à l'œil nu, incrustés dans la trame du parchemin, comme si on avait voulu rendre toute lecture impossible à partir d'une copie. Seul celui qui possède le manuscrit original peut réussir à décoder la totalité du texte. Nous n'en sommes qu'à la moitié, mais nous avons déjà une certitude : l'ouvrage révèle l'existence d'une tombe exceptionnelle dans l'ouest de l'Irlande. »

Maman s'arrêta un instant. Elle aimait me faire languir, à moins qu'elle hésitât à aller jusqu'au bout de ses révélations.

« Vous avez appris autre chose ?

— Cette tombe serait celle d'une princesse des Tuatha Dé Danann, appelée Anga. Selon le manuscrit, elle aurait été ensevelie avec un trésor.

— Un trésor ? »

Je ne pensais pas que papa était à la recherche d'une tombe si importante.

« Inutile de te dire que ça doit rester entre nous, ajouta maman.

— Tu as peur de quoi ?

— À ton âge, on a toujours envie de partager les secrets avec ses copains. C'est normal...

— Comme toi avec Georg. »

Elle fronça les sourcils.

« Ne commence pas à m'énerver ! Georg m'aide à déchiffrer le manuscrit.

— Ça va... ça va...

— Il ne voulait pas que je t'en parle, mais s'il m'arrivait quoi que ce soit...

— Pourquoi n'aurais-je pas le droit de savoir ?

— Georg veut que ça reste entre lui et moi.

— Il commence à m'énerver, ce Georg. »

Elle garda le silence un long moment, puis me tendit un carnet.

« Regarde ce que je t'ai apporté. »

Je l'ouvris et tombai sur un poème écrit en français.

« C'est l'écriture de papa...

— Il était dans le dossier avec le manuscrit. »

Elle m'embrassa et quitta le salon. Tout se bousculait dans ma tête. Un bonheur immense était là ! Je me calai dans le canapé et lus :

Irlande, tes murmures sont les échos des veilleurs de ténèbres,

Ton aube, un feu de joie qui réchauffe les cœurs éternels.

Le souffle de la pierre d'Irlande

Loin de toi les étoiles n'ont plus les mêmes caresses.
Je pose ma tête sur le ventre de ta terre,
Épiant le moindre souffle des pierres qui respirent…

chapitre 15

J'arrivai le lendemain matin à l'école avec ces mots en tête : « des pierres qui respirent… » À présent, une seule chose m'intéressait : revoir Fiona, lui expliquer que je voulais comprendre comment ces mots pouvaient à la fois sortir de sa bouche et être écrits par mon père. Quelle était vraiment leur signification ? J'attendis jusqu'à la sonnerie des classes.

« On dirait qu'elle ne viendra pas, aujourd'hui », lança Stephen.

Il ne manquerait plus que ça, me dis-je.

Non seulement Fiona fut absente ce jour-là, mais j'appris par la secrétaire de l'école que son état de santé la retiendrait longtemps chez elle.

« Son état de santé ? Qu'est-ce qu'elle a ? demandai-je.

— Il paraît que, du jour au lendemain, elle s'est retrouvée au lit avec quarante de fièvre.

— Fiona ? Clouée au lit ? »

Je dévalai aussitôt la route de l'école et m'engouffrai dans une cabine téléphonique. Les bottins étaient empilés sur une tablette. Je cherchai le nom du refuge et finis par tomber sur un numéro à la rubrique : Parcs animaliers.

« Allô ? Monsieur... O'Flaherty ?

— Non, c'est Sean. »

Je reconnus la voix du vieil homme qui réparait la barrière.

« Bonjour, monsieur, je suis William, vous savez... je suis passé voir Fiona avant-hier... je vous appelle pour savoir si elle va mieux.

— Elle est malade... Elle a besoin de repos.

— Ah ? Bon, alors... ne la dérangez pas... Je rappellerai plus tard. Merci... À bientôt. »

Je rappelai toute la semaine, mais personne ne répondit. Le samedi suivant, je pris le vélo de Georg et rejoignis le refuge. Sean semblait très embarrassé.

« Elle est partie avec son père, me dit-il.

— Qu'a-t-elle exactement ?

— On ne sait pas. Elle ne mange plus. Elle vomit. »

Le vieil homme n'était pas bavard.

« Ça lui arrive souvent ?

— Non... »

J'étais partagé entre l'envie d'en savoir plus et celle de tout laisser tomber. Le poème de papa me revint soudain à l'esprit :

« Excusez-moi, j'ai une question à vous poser : Fiona nous a dit un jour à l'école que les pierres respiraient... »

L'homme me dévisagea.

« Elle a dit ça ?

— La semaine dernière, quand je suis venu la voir, elle m'a jeté dehors parce que je lui ai dit qu'il ne fallait pas me prendre pour un imbécile.

— Ah ? » fit le vieil homme en hochant la tête.

Parler à un mur aurait eu le même effet. Je repris le vélo et m'éloignai du refuge en pestant contre Sean.

Le voyage du retour fut pénible. Je me remémorais les paroles dures que j'avais adressées à Fiona en quittant le parc une semaine plus tôt. Je pédalais sans conviction, le cœur triste. Des aboiements me parvenaient parfois en provenance de fermes isolées. À la sortie d'un virage, je fis face au soleil couchant. Je ne pus m'empêcher de m'arrêter quelques minutes.

Le Connemara ! La lande à perte de vue… Le paysage réveillait en moi un monde de douceur sauvage. Personne aux alentours… Des rochers saillants s'agrippaient aux dernières lueurs, les nuages rougeoyaient entre l'océan et le ciel. Le spectacle de ce désert de rocs et de tourbe, de cette « peau » morcelée, austère, où serpentaient avec prudence des routes malmenées, la vue de ces terres pauvres livrées au vent et baignées si généreusement de lumière m'emplissaient d'un bonheur intense. Je sentais vibrer l'âme de l'Irlande…

J'atteignis Clifden une demi-heure plus tard, juste avant la tombée de la nuit. Fourbu, je descendais en roue libre un sentier pentu quand j'aperçus au détour d'un chemin la silhouette de Georg. Il semblait en grande conversation avec un homme assis dans une voiture noire. Je freinai et voulus lui faire signe, mais je me ravisai.

L'individu avec qui il discutait ne me donnait pas du tout envie d'approcher, comme si une petite voix intérieure me conseillait de m'éclipser.

chapitre 16

Les semaines passèrent. Pour moi, Fiona avait bel et bien disparu. Après plusieurs journées difficiles, je décidai de tirer un trait. Oh ! Ce ne fut pas si simple. Combien de fois eus-je envie de décrocher le téléphone… Je ne le fis pas. « Si Fiona veut me contacter, elle me contactera ! Je ne vais tout de même pas passer ma vie à l'appeler ! » Évidemment, derrière cette résolution se cachait le douloureux sentiment qu'elle pouvait se passer de moi. Ce qui était dur à avaler…

Stephen me reparlait parfois d'elle en évoquant sa victoire à la corde pendant le premier cours d'éducation physique. Ça l'avait tellement impressionné ! Je dus lui faire comprendre qu'il valait mieux pour notre amitié qu'il ne prononçât plus jamais son nom.

À l'approche du premier novembre, Clifden se préparait à fêter Halloween. Notre classe s'amusait à confectionner des déguisements monstrueux pour défiler dans les rues. Certains peignaient des squelettes sur des panoplies sombres, d'autres fabriquaient des grosses têtes lumineuses à partir de citrouilles.

« On va aller de maison en maison avec nos déguisements de sorcières et de diablotins, me dit Stephen. Tu verras, les gens nous donneront des pommes, des noix et plein de bonbons. On se partagera le butin après ! Je connais aussi des copains qui vont allumer un grand feu. »

J'assistais à ces préparatifs avec indifférence. J'aurais dû être heureux de pouvoir célébrer Halloween dans la ville où mon père avait vécu, mais cette mascarade autour de la mort ne m'enchantait guère. Il y avait bientôt un an que papa avait disparu, et ce triste anniversaire assombrissait mon âme. Je décidai d'expliquer mon malaise à Stephen afin qu'il comprenne les raisons de mon repli. Il fut très ému et déclara qu'il me laisserait tranquille le temps que je jugerais nécessaire.

J'essayais à présent de vivre le Connemara de l'intérieur, me promenant seul en bordure de mer ou à travers la lande, dans les alentours immédiats de la ville. En France, je consacrais mon temps libre au sport et à la lecture de livres passionnants sur les découvertes de la science. Ici, la nature m'attirait, m'inspirait. Impossible de rester enfermé ! Il fallait que je m'évade, que je sente le vent dans mes cheveux... Je remarquai combien les côtes offraient des spectacles différents, selon l'heure de la journée : les marées, la luminosité du ciel. L'observation de la nature devenait une activité passionnante. La journée passée au refuge de Kylemore aux côtés de Fiona jouait certainement un rôle dans ce changement. Mais il y avait aussi le désir de « retrouver » mon père dans chacune de mes escapades. Il avait tant aimé cette région ! Elle l'avait vu grandir, seul, sans famille, et il s'était réfugié en elle dans les moments difficiles. Je l'imaginais parcourant la lande avec son carnet, écrivant ses impressions, travaillant le rythme des mots gaéliques, leur musique, leurs sons…

De leur côté, maman et Georg redoublaient d'efforts pour terminer le décodage du manuscrit. J'insistai auprès de maman pour qu'elle m'informe des derniers résultats de leur travail, mais elle refusa.

« Je t'en ai déjà trop dit », répondit-elle sèchement.

La date du 31 octobre approchait. Papa avait disparu un an plus tôt… et je sentais maman de plus en plus nerveuse.

Je décidai alors d'enquêter à la bibliothèque de Clifden pour dénicher des renseignements concernant la princesse Anga mentionnée dans le manuscrit. Parmi de vieux livres poussiéreux, je découvris un dictionnaire de mythologie irlandaise. À la lettre « A », je lus :

ANGA : Divinité de la mythologie celtique. Selon certaines légendes, elle vivait parmi les oiseaux et pouvait prendre leur apparence.

Ce soir-là, maman et Georg se rendirent au pub pour se changer les idées. Je préférai rester à la maison, prétextant qu'un bon film passait à la télé. En réalité, j'avais décidé de fouiller leurs dossiers pour mettre la main sur la traduction. Je voulais connaître la vérité.

Prudemment, j'entrai dans le grand bureau, ma lampe de poche à la main. Le gros dictionnaire trônait sur une table, entouré de dizaines de feuilles plus ou moins raturées. Je tentai de les déchiffrer… sans succès.

« Ce ne sont que des notes, me dis-je. Ils doivent ranger leur traduction quelque part dans un dossier. »

J'ouvris délicatement chaque tiroir du bureau, mais ne sortis que des résumés de conférences ou de séminaires. Il restait encore les trois placards fermés à clés. Je retournai dans ma chambre et tirai de mes affaires le passe-partout qu'un copain m'avait offert : une sorte de grosse épingle à cheveux savamment tordue.

« Une bonne idée, ce cadeau ! » murmurai-je en ouvrant le premier placard. Les papiers que j'y trouvai me laissèrent sur ma faim : des factures, des lettres administratives… rien de bien excitant. Le deuxième placard fut plus dur à ouvrir. J'y découvris le manuscrit, avec ses belles enluminures, mais la traduction n'était pas jointe. Je reportai tous mes espoirs sur le dernier placard, que je fouillai de fond en comble. Je replaçai chaque document dans l'ordre et jetai un coup d'œil sur le suivant. Toujours aucune trace de la traduction. Découragé, j'allais remettre la dernière chemise à sa place lorsqu'une feuille s'en échappa et glissa derrière les étagères. Elle resta coincée entre deux planches, au fond du meuble. À l'aide d'un coupe-papier long et effilé, je réussis à la récupérer. Mais elle ne vint pas seule…

chapitre 17

Une enveloppe apparut. Je la tirai délicatement et m'aperçus qu'elle avait été adressée à Georg. Il était domicilié à cette époque à Dublin.

« Que vient faire cette... »

Stupeur ! Je parcourus plusieurs fois l'adresse. C'était l'écriture de papa ! Je l'aurais reconnue entre mille. J'allai ouvrir l'enveloppe lorsque j'entendis la voiture de Georg s'arrêter devant la maison. Ils étaient déjà de retour ! Je refermai précipitamment les placards et sautai dans mon lit. Caché sous la couverture, je lus ceci :

Georg,

Il y a du nouveau concernant la tombe. Je crois l'avoir trouvée. Je vais m'assurer de son emplacement. Je t'y emmènerai dès mon retour.

John

Maman et Georg venaient de rentrer. Ils se déplaçaient en silence pour ne pas me réveiller. La main droite crispée sur la lampe de poche, je lisais et relisais chacune des lignes. Georg ne nous avait jamais dit avoir cherché la tombe avec papa.

Qu'est-ce que cela signifiait ? J'essayai d'envisager toutes les hypothèses et finis par retourner l'enveloppe. Le cachet de la poste indiquait la date du 28 octobre 1998 et papa avait envoyé la lettre de Clifden.

« Le 28 octobre ! me dis-je. Le 31, papa disparaissait. Georg était à Dublin. Il a reçu la lettre au plus tard le 30 octobre. Le jour même, il a pu gagner Clifden et rencontrer papa pour… »

Je restai un long moment pétrifié. Georg serait-il allé avec papa sur l'emplacement de la tombe ? Pourquoi nous l'avoir caché ? Peut-être… Je n'osais pas y croire. Peut-être a-t-il éliminé papa pour s'approprier le trésor ?

Ce n'était pas possible. Comment aurait-il pu nous inviter chez lui avec ce crime sur la conscience ?

« Il peut très bien jouer la comédie pour écarter les soupçons, me dis-je. Il faut que j'avertisse maman. »

Je sautai du lit, ouvris la porte de la chambre et longeai le couloir de la maison. Quelqu'un prenait une douche et, à entendre les sifflements, il ne pouvait s'agir que de Georg.

Maman se reposait dans le salon, un verre de whisky à la main.

« Tu n'es pas au lit ? me lança-t-elle.

— Il faut que je te parle. J'ai trouvé une lettre de papa… Regarde… »

Elle prit le papier et lut les quelques lignes.

« Je sais, me confia-t-elle. Georg m'en a parlé le soir où nous sommes arrivés ici. Ton père voulait lui montrer l'emplacement de la tombe… mais Georg est arrivé trop tard.

— Pourquoi ne nous a-t-il rien dit après la mort de papa ? »

Maman leva les yeux au plafond et inspira un

long moment. Elle semblait se préparer à une délicate confidence.

« À la mort de John, Georg a décidé de mener les recherches seul. Découvrir une ancienne sépulture, ça a toujours été son rêve. Il était mal... très mal quand il me l'a avoué.

— Il voulait s'approprier la découverte de la tombe ? Et tu n'as rien dit ?

— William ! Je t'ai dit qu'il était effondré. Il s'est confondu en excuses. De toute façon, je suis sûre qu'il m'aurait contactée s'il avait trouvé quoi que ce soit. Tu oublies que c'est un ami ! Et il fait tout pour m'aider...

— Évidemment, c'est toi qui as le manuscrit !

— En tout cas, c'est grâce à lui si je peux le déchiffrer ! »

chapitre 18

Devant mon insistance, maman finit par me révéler les derniers résultats du décodage : la princesse Anga aurait été la gardienne d'une pierre magique à l'origine du pouvoir des Tuatha Dé Danann. « Celui qui trouvera cette pierre aura entre les mains un trésor de lumière », précisait le manuscrit.

« Alors, le trésor… c'est cette pierre ?

— Et quelle pierre ! s'exclama maman. D'après le texte, ce serait une superbe émeraude dont l'existence aurait été gardée secrète. Elle aurait joué un rôle important avec les quatre talismans des Tuatha Dé Danann : l'épée de Lumière du roi Nuada, le chaudron de Dagda, la lance de Lug et la pierre de Fal. Après leur défaite contre les Gaëls, certains Dé Danann se seraient retirés dans une contrée lointaine, "au-delà des mers d'Occident". D'autres se seraient partagés les demeures souterraines de l'Irlande, s'attribuant chacun un *sid*, une résidence de l'Autre Monde. Le manuscrit prétend qu'Anga aurait été ensevelie quelque part dans le Connemara avec l'émeraude dont elle avait la garde. Georg est persuadé que la fin du texte dévoile l'emplacement exact de la tombe, mais le moine a utilisé de nombreuses ruses pour égarer les chercheurs.

— Papa avait traduit tout le manuscrit…

— Sûrement. Et c'est comme ça qu'il a trouvé l'emplacement de la tombe. »

Georg sortit de la salle de bains à cet instant. Je pris l'enveloppe et la cachai derrière mon dos.

« Tu la remettras à sa place, conclut maman. Et arrête de fouiller partout ! »

Je trouvais que maman accordait trop facilement sa confiance à Georg. Sans les connaissances de ce dernier, elle ne pouvait pas décoder le manuscrit, mais de là à croire tout ce qu'il disait…

Je continuais à être persuadé qu'il était impliqué dans la disparition de papa. Si l'émeraude existait réellement, comme l'affirmait le manuscrit, on pouvait être certain que des gens sans scrupules feraient tout pour s'en emparer. Et d'ailleurs, qui était cet homme dans la voiture noire, l'autre jour ? Je repensai à maman qui avait osé me dire : « Arrête de fouiller partout ! » Quel culot ! Elle qui passait sa vie à fouiller la terre.

Les paroles que Fiona avaient prononcées sur la colline résonnèrent à leur tour dans ma tête : « Ça me fait du mal chaque fois qu'on touche à la terre, qu'on la gratte pour déterrer des choses qui sont restées longtemps dans l'obscurité… »

Je m'endormis en songeant à cette amitié qui aurait pu nous lier. J'aurais tellement aimé lui confier mes inquiétudes…

chapitre 19

Le téléphone sonna très tôt le lendemain, réveillant d'abord maman. Elle surgit dans ma chambre, les cheveux dressés sur la tête comme un gâteau d'anniversaire allumé aux pétards.

« Tu diras à ton copain Stephen que, le dimanche matin, ta mère dort ! »

« Stephen ! pensai-je. Qu'est-ce qui lui prend de téléphoner à cette heure ? »

Je sautai du lit et le rappelai aussitôt.

« Stephen ?

— Oui, c'est moi. Dis donc, elle n'est pas commode, ta mère !

— C'est pour me dire ça que tu as appelé ?

— Très drôle… Tu es assis ?

— Arrête, Stephen, et accouche, sinon je vais me rendormir !

— Shannon vient de me téléphoner. Elle a accompagné ses parents à Galway, hier soir, et au retour, ils sont passés devant le refuge. Elle a vu Fiona. »

Comment croire au hasard ? Je m'étais endormi cette nuit-là en évoquant Fiona avec tendresse. Aussitôt s'était réveillée la douleur de la savoir loin de moi… une douleur lancinante. Et voilà qu'elle réapparaissait !

Je remerciai Stephen, m'habillai et pris illico la route de Kylemore sur le vélo de Georg. Le vent froid me glaçait les os. Un hennissement m'accueillit à mon arrivée devant le refuge. Je levai instinctivement la tête et aperçus Bran perché sur la colline, la crinière au vent.

« Il t'a reconnu, lança Sean accoudé à la barrière.

— Est-ce que Fiona est là ? »

Il allait répondre lorsqu'une petite voix s'échappa de la maison :

« William ! »

Fiona était debout sur le seuil de la porte, emmitouflée dans un pull sans col.

« Va t'habiller ! cria Sean. Si ton père te voyait ! »

Un sourire se dessina sur ses lèvres.

« Je suis contente de te revoir… »

Nous eûmes une explication concernant ma dernière visite. Je lui demandai de me pardonner.

« Oublie tout ça ! » répondit-elle.

Calmement, elle m'expliqua qu'elle avait été contrainte de s'éloigner de Clifden.

« J'avais des nausées, des maux de tête… Mais je me sens mieux. »

Je lui lus le poème de papa concernant la respiration des pierres. Elle ne parut pas surprise.

« Ton père devait être très sensible, me confia-t-elle. Le souffle dont il parle est très difficile à percevoir. Il faut être patient, s'ouvrir à la terre…

— S'ouvrir à la terre ?

— C'est une manière de parler. Je ne peux pas t'expliquer davantage.

— Tu ne peux pas ou tu ne veux pas ? »

Elle me tapota le crâne deux ou trois fois du bout des doigts et lança :

« Elle est pénible, cette tête ! Elle veut tout contrôler, tout savoir ! »

Puis elle enroula une grande écharpe autour de son cou et attrapa un épais manteau. J'étais terriblement frustré, mais je n'insistai pas.

« Fiona... risquai-je alors d'une voix grave. Crois-tu qu'il existe des hommes capables de trahir leurs amis sans aucun scrupule ? »

Elle me prit la main.

« Je te répondrai une autre fois. Pour l'instant, j'ai besoin de toi.

— De moi ?

— Pour transporter une roche. »

Elle appela Bran et m'emmena vers le lac. Arrivée sur la berge, elle avança à tâtons jusqu'à un buisson dont elle écarta les tiges.

« La voilà », dit-elle en montant sur une pierre à moitié ensevelie.

C'était une roche quelconque, comme il en existait des milliers à la ronde.

« Il faut passer un harnais autour du cou de Bran et l'attacher à la pierre.

— Et après ?

— Après, il suffira de la hisser sur la colline. »

Je ne posai pas de questions et exécutai son

ordre consciencieusement. J'étais si heureux de lui faire plaisir ! Ce travail nous prit toute la journée, car la pierre était de grande taille. Une fois arrivée au sommet de la colline, Fiona posa ses mains sur la roche et demanda à Bran de la faire pivoter. À un certain moment, elle stoppa tout. Un apaisement se lisait sur son visage. Je collai mon oreille à la pierre, espérant surprendre un son semblable à un souffle. Mais je n'entendis rien.

« On a bien travaillé, lança Fiona. Il est temps de rentrer. J'ai envie de pâtes, ce soir, pas toi ? »

chapitre 20

Fiona se déplaçait dans la maison avec une facilité déconcertante.

« Tu as un secret, lui dis-je. Ce n'est pas possible ! On a l'impression que tu devines les obstacles.

— C'est ma maison, j'ai l'habitude.

— Ta maison, d'accord, mais l'école… et dans le gymnase… Comment as-tu fait pour grimper à la corde ? »

Elle engouffra sa main dans un placard, tâtonna et sortit une boîte de concentré de tomates.

« Ouvre-la, s'il te plaît ! »

Je pris l'ouvre-boîtes et perçai le couvercle.

« Tu ne m'as pas répondu.

— Vous ne pouvez pas comprendre. Vous voyez avec vos deux yeux. Moi, je vois avec ça. »

Elle posa son index au milieu du front. Elle dut sentir ma surprise, car elle s'approcha et ajouta :

« C'est le troisième œil… c'est difficile à comprendre, mais c'est comme ça. »

Puis elle s'empara du concentré de tomates et le versa sur les pâtes. C'était la première fois que nous mangions ensemble. Comme j'appréciais cet instant !

« Ta mère recherche toujours la tombe ? demanda-t-elle brusquement.

— Maman ! »

Je l'avais complètement oubliée. Il était sept heures du soir et elle devait se faire un sang d'encre.

« Il faut que je l'appelle, sinon elle est capable de mettre toute la police d'Irlande à mes trousses ! »

Je m'emparai du combiné et fis le numéro de Georg.

« Allô ! hurla une voix à l'autre bout du fil.

— Maman… c'est moi !

— Où es-tu ? Je vais devenir folle !

— Chez des amis, je…

— Quels amis ? »

Elle avait repris sa voix de matrone.

« Chez des amis ! répondis-je d'un ton sec.

— Rentre immédiatement !

— Pourquoi tu t'énerves ?

— Je t'ai déjà dit de me prévenir quand tu partais comme ça. Georg a besoin de son vélo et… »

Je lui raccrochai au nez.

« Georg… Toujours Georg ! »

Fiona me dévisageait en plissant ses petits yeux. Après quelques secondes, nous partîmes tous les deux dans un fou rire.

« Tu peux rester la nuit ici, me dit-elle. Même deux nuits, si tu veux.

— Ça ne t'embête pas ?

— Pourquoi veux-tu que ça m'embête ? Ce ne sont pas les chambres qui manquent. Mon père rentrera tard. Je lui expliquerai. »

Que la vie devenait simple avec elle !

J'eus envie de lui parler en détail de ce qui me troublait.

« Tu sais, confiai-je en m'asseyant à ses côtés, ces jours-ci sont des jours très tristes pour moi et ma mère. Je ne te l'ai pas encore dit, mais j'ai perdu mon père il y a tout juste un an. Je sais qu'il a découvert une tombe très importante avant de disparaître dans la crevasse des Twelve Pins. Tu crois que…

— Écoute ! » lança-t-elle.

Je tendis l'oreille et perçus une multitude de piaillements.

« Ils sont déjà là !

— Qui ?

— Suis-moi ! »

Elle franchit le seuil et se dirigea vers le lac. Je la suivis à contrecœur, déçu d'avoir été interrompu. J'avais la désagréable impression qu'elle se souciait peu de mes confidences.

« Viens voir ! » murmura-t-elle en approchant d'un buisson.

J'écartai les grandes tiges. Des centaines d'oiseaux s'ébattaient sur le filet d'une volière. Il en venait du nord, du sud… de tous les horizons. Certains atterrissaient en catastrophe et se faisaient réprimander à coups de bec. D'autres, avec leurs longues ailes, se posaient avec grâce et précision. Comment tant d'oiseaux pouvaient-ils tenir sur un si petit filet ?

« Ils se blottissent les uns contre les autres, expliqua Fiona.

— Ils viennent tous les jours ?

— Non ! Aujourd'hui, c'est spécial. »

Je la regardai avec étonnement.

« Ceux qui sont dans la volière, continua-t-elle, sont en convalescence. Ils ont été blessés par des voitures, tirés par des chasseurs. Des promeneurs les ont ramassés et nous les ont apportés.

— Vous les soignez ?

— On se contente de les protéger et de les nourrir. Les oiseaux se guérissent entre eux. »

Son regard vide se perdait dans le ciel. Le vent agitait par moment ses petites mèches rousses sur son front.

« Ils ont entendu de très loin la pierre que nous avons hissée. Elle a une respiration très particulière. Les oiseaux savent que c'est le moment de reprendre des forces. Mais tu n'es pas obligé de me croire », ajouta-t-elle.

Je tournai à nouveau la tête en direction de la volière. De grands cormorans se posaient et passaient leur bec à travers les mailles du filet. Dans la cage, des oiseaux aux ailes blessées se démenaient pour s'approcher d'eux. Les cormorans, dans un mouvement de va-et-vient, frottaient leur cou contre les corps meurtris de leurs congénères.

Je croyais rêver ! La scène dura plusieurs minutes. Puis la pénombre gagna chaque recoin du refuge.

« Tu vois... Ils se transmettent leur force, me dit Fiona. Ha ! Ils se sont calmés. Le soleil a dû se coucher. »

Elle se leva et se dirigea vers la maison.

« Viens, je vais te montrer ta chambre. »

chapitre 21

Cette nuit-là, je ne réussis pas à m'endormir... Cette histoire de troisième œil, et ces oiseaux qui se communiquaient leur force ! Que se passait-il vraiment ici ? À ces questions se mêlaient celles que je me posais à propos de Georg : s'il était responsable de la disparition de papa, il faudrait que, dès mon retour, je réunisse des preuves. Je devrais passer au crible toute sa correspondance, trouver ses cachettes. Ah ! Si maman pouvait comprendre qu'elle s'était jetée dans la gueule du loup !

Le père de Fiona arriva tard dans la nuit. J'entendis le claquement de sa portière, les pas dans la maison, son passage dans la chambre de Fiona, à nouveau les pas dans le couloir. Il s'arrêta enfin, juste devant ma chambre. Que faisait-il derrière ma porte ? J'attendis de longues secondes, pendant lesquelles mon cœur tambourinait, tambourinait ; puis les pas reprirent, s'éloignant définitivement. Je commençais seulement à souffler lorsque j'entendis à nouveau une porte s'ouvrir. Les marches de l'escalier craquèrent doucement : c'était Fiona. Puis, plus rien… La maison redevint silencieuse, comme morte. Où était-elle allée ? Des cris d'oiseaux provenant du parc retentirent comme une réponse. Je me levai en hâte, écartai légèrement un pan du rideau et restai pétrifié : Fiona venait d'entrer dans la cage du grand aigle. Sa silhouette se découpait dans la nuit grâce à la clarté de la pleine lune. Arrivée près du rapace, elle s'accroupit et ne bougea plus. L'oiseau poussa alors un cri strident et s'envola à travers la volière en décrivant des cercles silencieux. L'esprit de Fiona semblait voltiger autour d'elle. Les ailes du grand aigle frôlèrent sa chevelure, soulevèrent ses mèches comme pour insuffler au corps immobile l'énergie du vol nocturne.

Était-ce un rituel magique, une incantation à la Lune ?

Soudain, l'oiseau brandit ses serres et se cambra pour atterrir sur l'épaule de Fiona. Celle-ci ne broncha pas.

J'étais abasourdi. Pas un cri, pas un mot ne pouvaient sortir de ma bouche.

Fiona fit alors un mouvement. Oh ! Pas un geste brusque : un léger mouvement de la tête, presque imperceptible. J'eus du mal à distinguer ce qui se produisit ensuite, car un nuage voila la Lune. Lorsque la cage fut à nouveau éclairée, Fiona et l'oiseau n'avaient pas bougé. En revanche, le spectacle qui s'offrait à moi acheva de me glacer les veines : plusieurs fois, je frottai mes paupières, pensant que la somnolence avait laissé surgir des images sorties de mes rêves, mais ce que je voyais était bien réel : le grand aigle inclinait son cou et caressait doucement le front de Fiona.

chapitre 22

Le lendemain matin, plusieurs petits coups sur la porte me tirèrent de mon sommeil. J'étais affalé sur le sol de la chambre, juste sous la fenêtre. Quelle douleur dans mon dos !

« William ! Tu viens ? Le petit déjeuner est prêt. »

C'était la voix de Fiona. Quelle heure pouvait-il être ? Les premiers sifflements des oiseaux annonçaient l'arrivée imminente du soleil. Je parvins à distinguer au loin le grand aigle dans la volière. Il était immobile, dressé sur une souche d'arbre. Les images de la nuit me revinrent à l'esprit.

« William ! Tu m'entends ?

— Oui... j'arrive...

— Tu prends du chocolat ou du café ?

— Euh... du chocolat... merci. »

Fiona s'éloigna dans le couloir. Elle sautillait comme un petit oiseau heureux. Dans un premier temps, je voulus la rejoindre, lui parler de cette nuit afin qu'elle me donne des explications. Mais, très vite, je me ravisai : un mystère planait dans ce refuge, et je ressentais confusément le besoin d'attendre, d'observer, de comprendre... Me précipiter pouvait tout gâcher.

J'enfilai rapidement mes vêtements et descendis la rejoindre.

« Tu as bien dormi ? me demanda-t-elle à l'instant où j'arrivai dans la cuisine.

— Comme ci, comme ça... répondis-je.

— Mon père est rarement discret quand il rentre.

— Il est là ?

— Non, il est déjà reparti. »

Fiona finissait de boire son café.

« Tu es bien matinale, je trouve.

— C'est le Soleil, répondit-elle. Je veux le sentir se lever. Dépêche-toi, ton lait est en train de bouillir. »

Je versai le contenu de la casserole sur un fond de chocolat et bus le breuvage avec l'impatience d'un chat assoiffé. Évidemment, je me brûlai la gorge.

« Quel idiot ! »

Je n'eus pas le temps de m'insulter davantage. Fiona se leva et me prit par le bras.

« Viens ! Conduis-moi sur la colline… »

L'air était plutôt frais. Fiona s'agrippait à moi, non pas pour s'assurer du chemin, car elle connaissait les lieux par cœur, mais pour se protéger du vent qui soufflait en rafales. J'étais heureux de la sentir contre moi. Je regardai en passant les oiseaux dans les cages et aperçus le grand aigle.

Un frisson parcourut tout mon corps.

« Il est majestueux, non ? » soupira-t-elle.

Je ne répondis pas. En écho à mon silence, elle serra simplement mon bras. Nous arrivâmes enfin au sommet de la colline. Fiona me lâcha et monta sur la pierre que nous avions hissée la veille.

« Viens ! Le Soleil va se lever. »

Je grimpai à mon tour et observai le halo lumineux qui incendiait peu à peu l'horizon. Les oiseaux se mirent à siffler quand le disque de feu surgit au-dessus de la lande.

« Le voilà ! »

La fraîcheur de la nuit fut chassée par une longue vague de chaleur. Fiona écarta les bras et laissa l'onde envelopper son corps. Elle semblait planer dans les airs.

« C'est un excellent exercice, dit-elle. La terre est un navire qui se dirige vers l'est ! Fais comme moi ! »

Les rafales se jouaient de mon équilibre. Après quelques instants, je parvins à trouver l'inclinaison idéale, celle qui me permettait de rester immobile, sans effort, le corps en avant. J'avais l'impression de ne plus avoir de poids.

« Regarde, là-bas ! Des Tuatha Dé Danann ! »

Je pointai mon regard dans la direction de son doigt… pour découvrir un vol d'oiseaux. Ce relâchement fut fatal. Je perdis l'équilibre et m'affalai par terre. Fiona partit dans un rire repris par le vent.

« Je suis aveugle ! cria-t-elle. Tu l'as oublié ? »

chapitre 23

Fiona descendit de la pierre et m'aida à me relever. Je suivais des yeux la dizaine d'oiseaux qu'elle m'avait indiquée. Ils se dirigeaient vers le sud en longeant les côtes.

« Ils prennent la route des pays chauds », me dit-elle.

Incroyable ! Non contente de détecter leur présence, elle devinait également leur direction.

« À ton avis, ajouta-t-elle, comment font les oiseaux pour s'orienter ? Comment expliques-tu qu'ils soient capables de retrouver, à des milliers de kilomètres de distance, le nid qu'ils ont abandonné l'année précédente ? Ils n'ont pourtant pas de cartes géographiques et encore moins de logiciels d'orientation ! »

Je la regardai, stupéfait.

« Ben... D'après ce que j'ai lu, ils se dirigent en fonction du Soleil et des étoiles. Je crois aussi qu'ils ont des cristaux dans le cerveau : des sortes de boussoles. Ça les aide dans leurs migrations.

— Bien ! Et si je te disais que tu as la même chose en toi.

— La même chose en moi ? »

Elle sortit une boussole de sa poche et la posa sur la roche.

« Tu vois où est le nord ?

— La direction indiquée par l'aiguille rouge...

— Tu vas pivoter d'est en ouest et tu feras bien attention à ce qui se passera dans ton corps quand tu arriveras face au nord.

— Dans mon corps ?

— Oui, dans ton corps. Ça pourra être un petit muscle qui se contracte, un picotement de peau... ça dépend des personnes. »

Je lui obéis et pivotai lentement en démarrant face au Soleil.

« Je ne sens rien !

— Recommence », me dit-elle.

Je réitérai l'expérience, cinq, six, dix fois sans le moindre résultat.

« J'en ai assez, Fiona. Je ne sens rien. »

Elle se plaça derrière moi et posa une main sur ma nuque.

« Encore une fois. »

Je pivotai à nouveau d'est en ouest, lentement, et perçus soudain une légère tension musculaire au niveau du thorax. Je regardai la boussole et découvris que j'étais exactement face au nord.

« Fiona ! J'ai senti quelque chose ! Qu'est-ce que tu as fait ?

— J'ai juste utilisé mes mains pour amplifier la réaction de ton corps. À présent, tu vas faire la même chose en fermant les yeux. »

J'exécutai son ordre et stoppai dès l'apparition de la tension.

Je m'étais arrêté, à nouveau, exactement face au nord !

« Fiona… Ça marche ! »

Je répétai cet exercice de nombreuses fois dans la journée. Les échecs étaient nombreux, mais lorsque je me concentrais correctement, le résultat était surprenant. Fiona trouva que mes progrès étaient rapides.

« Maintenant, tu sais t'orienter comme les oiseaux, sourit-elle. Ça te fait quel effet ? »

Quel effet ?! Évidemment, je n'en revenais pas ! S'orienter uniquement en écoutant son corps… c'était fort ! Je fus encore plus surpris lorsqu'elle m'expliqua que je pouvais étendre cette technique à n'importe quelle recherche.

« Il suffit simplement que tu choisisses ton objectif », me dit-elle.

J'essayai aussitôt et je pus assez vite me guider, les yeux fermés, jusqu'à la ferme.

« Souviens-toi de cette expérience, William… » me souffla-t-elle à l'oreille.

chapitre 24

Fiona m'avait envoûté ! Je n'avais pas du tout envie de rentrer. Ma décision prise, il fallut que j´appelle maman pour lui dire que je découchais une nuit de plus. Que n'avais-je pas dit là !

« Ne me refais jamais ça ! hurla-t-elle. Jamais !

— Mais enfin, maman, puisque je te dis qu´il n'y a rien à craindre.

— Tu veux que je me fasse des cheveux blancs à trente-quatre ans, c'est ça ?

— J'en ai assez de rester à côté de toi pour te regarder traduire un manuscrit.

— On a presque fini, lança-t-elle. On ira voir l'emplacement de la tombe sans toi ! »

Je restai silencieux quelques secondes. Je savais qu'elle me donnait cette information pour m'inciter à revenir.

« De toute façon, lui rétorquai-je, je sais que vous irez sans moi… »

Je raccrochai sur ces derniers mots.

« J'ai le sentiment qu´ils vont bientôt trouver le site », murmura Fiona.

Nous mangeâmes ce soir-là avec Sean. Le père de Fiona avait passé toute la journée dans les massifs du parc à observer les rapaces et il rentrerait encore tard dans la nuit. Fidèle à son habitude, Sean parla très peu. À la fin du repas, Fiona se leva et s'assit à l'écart, dans un fauteuil. Les yeux fermés, elle semblait méditer.

« Vous travaillez ici depuis longtemps ? » demandai-je au vieil homme.

Sean tira plusieurs fois sur sa pipe. La balafre qui ravageait sa joue gauche apparaissait plus monstrueuse à chaque tension des muscles.

« Ça dépend de ce qu'on entend par longtemps… »

La conversation s'annonçait difficile. J´insistai quand même.

« Cette nuit, tout le monde fête Halloween. Vous ne préparez rien, ici ? »

Il gonfla lentement ses poumons et lâcha :

« Cette nuit, c'est Samain.

— Samain ?

— Une fête celtique qui marquait autrefois la fin des récoltes et le début de l'hiver. C´est la première nuit de novembre. Les chrétiens se sont inspirés de cette tradition et ont fait de Samain la Toussaint.

— À la Toussaint, en France, on fête les morts... »

Le regard de Sean se fit plus sombre. Les flammes des chandelles, en vacillant, animaient de sinistres ombres sur son visage.

« Chez les Celtes, reprit-il, Samain est la nuit où s'ouvrent les mondes souterrains, où les vivants peuvent communiquer avec l'au-delà. Les êtres surnaturels qui peuplaient autrefois l'Irlande choisissent ce moment de l'année pour apparaître aux hommes et leur révéler certains mystères.

— Vous parlez des Tuatha Dé Danann ? »

Fiona ouvrit les yeux. Sean tira encore sur sa pipe et marmonna :

« Les Tuatha Dé Danann, oui. Tu en as entendu parler ?

— Mon père s'y intéressait… »

Le vieil homme sortit de table et alla s'asseoir derrière un meuble mystérieux recouvert d'un grand voile. D'un geste respectueux, il souleva le tissu, laissant apparaître les lignes harmonieuses d´une harpe irlandaise. L'instrument était somptueux, avec des entrelacs et des oiseaux fantastiques sculptés sur son pilier. Sean ferma les yeux et fit jaillir de la harpe une mélodie à la fois douce et solennelle. Ses longs ongles pinçaient avec dextérité les cordes métalliques.

« Oh… Tuatha Dé Danann ! chanta-t-il. Votre sagesse et votre force ont traversé les siècles. Voici Lug, maître de tous les arts, et Nuada le roi meurtri. Voici la déesse Brigit et les terribles guerrières Macha, Morrigan, Bodb[1]. Voici Dagda le dieu bon et Ogme, maître de la magie. Oh… Tuatha Dé Danann ! Pour vous, les métamorphoses n'ont pas de secrets. Vos écorces immortelles deviennent saumon, cerf, aigle ! Les oiseaux sont vos alliés… »

1. Nom tel qu'il s'écrit avec l'orthographie irlandaise. Mais il faut prononcer Bôv.

Fiona se leva brusquement. Sean s'interrompit.

La harpe laissa planer dans la pièce les dernières vibrations de la mélodie. Elle rejoignait en douceur le monde du silence.

« Bon, je vous laisse », lâcha Sean en recouvrant l'instrument de son voile protecteur.

Il sortit de la maison et partit à pied à travers la lande. Dommage qu'il n'ait joué que si peu de temps…

« Allons dormir ! » me dit Fiona.

Elle me prit par la main et m'entraîna jusqu'à sa chambre.

« Bonne nuit, murmura-t-elle.

— Bonne nuit… »

Je lui adressai un sourire et lui confiai :

« Tu sais, Fiona… Je te remercie pour tout ce que j´apprends. C´est vrai… je découvre tellement de choses avec toi. »

Pourquoi me fixait-elle ainsi ?

« Je suis heureuse que tu sois là, répondit-elle. Tous ces moments que nous passons ensemble, je ne les oublierai jamais. »

Elle me donna un long baiser et glissa dans la pénombre.

« Fiona… »

La porte de la chambre se referma sur elle. Je restai quelques secondes seul dans le couloir, à me demander si je n'avais pas rêvé.

Elle m'a embrassé ! Fiona m'a embrassé !

Il me semblait que la vie s'illuminait comme un gigantesque feu d'artifice. Demain… après-demain… chaque jour serait dorénavant merveilleux. Fiona m'avait embrassé ! J'aurais voulu sauter de joie, la rejoindre, la prendre dans mes bras, mais le lourd silence de la maison me glaça.

« Du calme… me dis-je. Ne brusquons pas les choses. »

Je décidai de regagner ma chambre, me mis au lit et tentai de trouver le sommeil, le cœur sur un nuage… Que ce fut dur de m'endormir !

Quelques heures plus tard, le grincement d'une porte me réveilla. Des pas résonnèrent dans le couloir.

« C'est encore Fiona. Elle retourne dans la cage des rapaces ! »

Je me levai et me postai devant la fenêtre, mais personne n'apparut. Où était-elle passée ? Je fouillai dans mon sac et pris la lampe de poche qui m'accompagnait dans tous mes périples. Silencieusement, je sortis dans le couloir. La porte de la chambre de Fiona était toute proche, une porte entrebâillée qui semblait m'inviter à la pousser davantage. Surmontant ma peur, je pointai la lampe devant moi et avançai dans la pièce. À peine étais-je entré qu'une sensation désagréable me fit frissonner. Je me calmai et essayai de comprendre la nature de mon malaise. Cela venait de derrière… une présence dans mon dos. Quelque chose se rapprochait, irrémédiablement…

chapitre 25

« **Ahhh !** » hurlai-je en me réfugiant à l'autre bout de la chambre.

Je braquai la lampe et surpris… un énorme oiseau en peluche basculant sur le sol. Je n'avais vraiment pas besoin de ça ! Je me ressaisis et fis le tour de la pièce. D'épais rideaux occultaient une fenêtre. J'en écartai les pans et découvris, à la clarté de la lune, une large vue sur le parc avec les volières, la colline et le lac.

« Où est passée Fiona ? »

Je n'en pris pas conscience immédiatement : ce ne fut que lorsque je m'écartai de la fenêtre que je ressentis une impression de relâchement musculaire à l'intérieur de mon corps. Je fis demi-tour et repassai devant la fenêtre, découvrant cette fois l'effet inverse : une tension anormale dans le thorax et le dos, quelque chose qui ressemblait à ce que j'avais ressenti lors des exercices d'orientation effectués la veille avec Fiona. Je répétai ce va-et-vient plusieurs fois et constatai les mêmes effets. D'où venait ce signal ?

Reproduisant ce que j'avais appris avec Fiona, je fis face à la fenêtre et fermai mes paupières. Je pivotai ensuite lentement et stoppai net lorsque la tension musculaire apparut. J'ouvris les yeux et découvris, à une centaine de mètres en contrebas, la silhouette de…

« La colline ! me dis-je. Fiona est du côté de la colline. J'en suis sûr ! »

Je descendis les escaliers et sortis de la maison. À mi-chemin entre la butte et la chambre, je ressentis à nouveau les contractions musculaires. Les paupières closes, je suivis le signal jusqu'à heurter des massifs de bruyère masquant le flanc de la colline. Je les dégageai et découvris… l'entrée d'un étroit passage. Je n'en crus pas mes yeux ! Je venais de découvrir un couloir souterrain orienté exactement face à la chambre de

Fiona. Elle dormait chaque nuit dans son prolongement. Pourquoi ?

« Fiona ! criai-je. Fiona ! »

Aucune réponse.

Je me baissai et engageai la tête dans le passage. La lampe éclairait faiblement l'entrée du couloir.

« Il ne doit pas être très long, me dis-je. En tout cas, pas plus long que la colline. »

Rassemblant mon courage, je pénétrai à quatre pattes dans le boyau. Mes genoux s'éraflaient au contact du sol. Les parois du couloir étaient constituées de blocs de granit sur lesquels suintaient de minces filets d'eau. Quelques gouttes provenant du plafond rebondissaient parfois sur mon front. C'est en éclairant une pierre à hauteur de ma tête que je découvris une gravure : des spirales entrelacées ressemblant à celles de Newgrange… J'eus peur de continuer, mais une onde de douceur commença à m'envelopper. Je me sentais étrangement protégé au sein d'une matrice chaude et bienveillante. Lentement, je me remis à avancer. Le couloir s'élargissait. Je pus même redresser le dos, puis me mettre à genoux. Je parvins enfin dans une chambre spacieuse.

« Un dolmen ! me dis-je. Un dolmen sous terre ! »

Des soleils étaient gravés sur la dalle du fond, ainsi que trois doubles spirales. Je m'approchai pour les toucher…

chapitre 26

« Fiona ! »

Elle était couchée sur une dalle de pierre, revêtue d'un voile blanc. Son visage était pâle, ses yeux grands ouverts.

« Fiona ! Que fais-tu là ? Lève-toi ! »

Elle semblait plongée dans un sommeil profond. Je m'approchai et remarquai que de ses mains jointes jaillissait l'éclat d'une émeraude aussi grosse que mon poing. Son aspect était celui d'un cristal parfaitement taillé. Fiona le tenait au niveau de sa poitrine ; j'approchai la main… mais me brûlai avant même de le toucher.

« Le trésor d'Anga ! » lança une voix.

Je sursautai. Devant moi se dressait la silhouette d'un homme braquant une énorme torche. Je me protégeai les yeux et tentai de reconnaître son visage. L'individu gardait le silence.

« Sean ?... Qui est là ? »

L'homme abaissa sa torche.

« Ton père... »

Ces deux mots claquèrent dans mon cœur. Je pointai tout tremblant ma lampe sur son visage. Un chapeau dissimulait ses yeux. Une longue barbe courait sur ses joues.

« Tu ne me reconnais pas ? » demanda-t-il en ôtant son chapeau.

Un sourire se dessina sur ses lèvres.

« Papa ?

— N'aie pas peur... Approche. »

Je me dirigeai vers lui, tout tremblant.

« Anga a réussi », dit-il en me tendant la main.

Je reconnaissais à présent le timbre de sa voix.

« Tu es... le fantôme de mon père...

— Non... pas le fantôme », murmura-t-il en touchant mes doigts.

Les larmes me montèrent aux yeux.

« Allons ! Il y a assez d'eau comme ça, ici, William O'Sullivan ! »

J'essuyai mes joues et l'observai. Son regard… c'était bien son regard. Je m'approchai un peu plus et l'entourai de mes bras. Ce geste simple, combien de fois l'avais-je enterré au fond de moi ? Je restai ainsi, silencieux.

« Vous m'avez manqué, William, confia-t-il en me serrant contre lui. Être obligé de garder le silence… alors que je ne pensais qu'à vous retrouver. Je vous aime, William, tu le sais.

— Oui…

— Les jours ont passé, puis les semaines, puis les mois… Je devais rester caché, je n'avais pas le choix.

— On t'a cru mort.

— Je sais, William. Mais je te l'ai dit : je n'avais pas le choix. »

Il désigna Fiona.

« Je te présente Anga… Anga l'immortelle. J'ai découvert ce tumulus, comme toi, il y a un an…

— Mais c'est Fiona ! Une amie !

— Anga a traversé les siècles, immortelle… comme une fée. »

Je m'approchai du corps endormi.

« Une fée ?

— Une princesse des Tuatha Dé Danann ! Une vraie ! Elle approche les humains sous les traits de Fiona. C'est comme ça qu'elle s'est présentée à moi. Je n'aurais jamais dû parler de mes recherches à Georg. J'ignorais qu'il avait dans ses relations un trafiquant de pierres précieuses. Ils m'ont laissé chercher la tombe en pensant qu'il leur serait ensuite facile de s'approprier l'émeraude. Leur but était de la revendre sur un marché parallèle à un orfèvre véreux. Ils en auraient tiré un énorme profit. Tu imagines… une pierre de cette taille ! Anga m'a averti à temps. Ils ont essayé de me faire parler, puis ils m'ont jeté dans la crevasse. Regarde dans quel état ils m'ont mis ! »

Il fit quelques pas en boitant et me montra une énorme cicatrice sur sa hanche.

« Les salauds ! lançai-je. Je les ai vus ensemble sur un chemin de Clifden. Je le leur ferai payer cher !

— Du calme, William, du calme ! Sois plus intelligent que ton père ! Pour l'instant, la seule solution est d'agir dans l'ombre. Si Anga n'avait pas envoyé Sean me chercher, je ne serais plus qu'un squelette au fond de la crevasse. Ça m'a servi de leçon. Puisqu'ils me croient mort, j'ai décidé de jouer le jeu. Je suis devenu monsieur O'Flaherty.

— Le père de…

— Momentanément, le père d'Anga… ou de Fiona, si tu préfères.

— Mais maman… et moi ?

— Je n'avais pas le choix, William. J'ai pensé au début vous rejoindre, mais Georg et son complice vous faisaient surveiller par leurs hommes de main. Ils étaient persuadés qu'Élisabeth savait des choses. En reprenant contact avec vous, je vous aurais mis en danger. Et puis Anga m'a prédit que vous viendriez jusqu'ici. Elle savait que vous finiriez par trouver le manuscrit. C'est ce qui s'est passé. Georg, en apprenant votre venue, s'est empressé de vous accueillir et…

— … Il a embobiné maman. Ils sont en train de tout traduire.

— Je sais. C'est pour cette raison qu'Anga t'a conduit jusqu'au tertre. »

Je le regardai, stupéfait.

« Pourquoi n'as-tu pas alerté la police ? Georg et son complice auraient été arrêtés et la pierre, mise en sécurité.

— L'émeraude a un autre destin, William. Sa place n'est pas dans un musée, encore moins dans un coffre. Sa place est entre les mains d'Anga. »

Je posai lentement mes yeux sur la pierre.

« Le manuscrit parle d'un "trésor de lumière", balbutiai-je. Pourquoi ? »

Papa leva la tête et désigna l'entrée du couloir.

« Regarde… »

Les premiers rayons du soleil commencèrent à frapper l'entrée du passage. La lumière tourbillonna en suivant le tracé des spirales, transformant les roches en murs de cristal. L'émeraude se mit à briller si fort que je dus me retourner. J'avais l'impression qu'un tremblement de terre réveillait le lieu. Lorsque le sol et les roches cessèrent de vibrer, je ressentis à l'intérieur de moi une étrange respiration.

« Le souffle… je sens… un souffle ! »

Papa venait de rouvrir les yeux.

« C'est l'émeraude, William. Elle a cristallisé en elle la force du Soleil, de la Lune, de la Terre. »

Anga n'avait pas bougé.

« Je n'ai … jamais ressenti … une telle chose », bafouillai-je, encore troublé.

Ma poitrine semblait se gonfler et se dégonfler en résonance avec une pulsation provenant de la pierre... Comme si une boule de feu vibrait au centre de mon thorax, soulevant tout mon corps.

« Tu comprends à présent la force de l'émeraude, me dit papa. Me montrer signifiait mettre Georg et son complice sur la trace du refuge. Anga avait compris que tu étais son seul espoir.

— Son seul espoir ? Mais elle est beaucoup plus forte que moi, elle aurait pu...

— Elle a décidé que ce serait toi. »

Il me fixa dans les yeux et ajouta :

« Elle est allée à ta rencontre pour que tu sauves la pierre des Tuatha Dé Danann. »

chapitre 27

Maman ne m'adressa pas la parole à mon retour. Elle ne me demanda même pas où j'avais passé la nuit. Elle avait étouffé sa colère pour adopter la stratégie de l'indifférence.

« Que je crie ou que je ne crie pas, tu n'en fais qu'à ta tête, semblait-elle me dire. Fais ce que tu veux... je ne m'occupe plus de toi ! »

Je m'étais préparé à une charge dans les règles et voilà qu'elle présentait un terrain calme... en apparence. Il fallait voir ses yeux me mitrailler chaque fois que nos regards se croisaient !

Ce n'était pas le moment de lui parler de papa, d'autant moins que Georg semblait à l'affût. À voir la mine de cette crapule, le manuscrit allait bientôt livrer ses derniers secrets. Je décidai d'agir au plus vite.

L'occasion se présenta le soir même, lorsque maman et Georg décidèrent de se changer les idées en allant boire une bière dans un pub du centre-ville.

« J'adore les lendemains de fête ! » déclara Georg.

Clifden se remettait à peine de la nuit de Halloween.

« Je suis fatigué, répondis-je, je vais me coucher. »

Lorsque les lampadaires du quartier s'éteignirent, je mis à exécution le plan que j'avais minutieusement préparé. Je sortis de mes affaires les fausses semelles de chaussures, le coupe-vitre, la ventouse, les gants, le passe-partout que j'emportais dans tous mes voyages... et procédai au cambriolage de la maison. Après avoir longé le jardin, je parvins à la fenêtre du bureau et découpai la vitre. Une fois le verre dégagé, j'ouvris la fenêtre et entrai silencieusement dans la pièce. Je forçai tous les placards pour simuler une recherche sans cohérence. Le manuscrit était dans le deuxième. Je tombai également sur quelques liasses de billets irlandais que je pliai dans ma poche.

Il faut que ça ressemble à un cambriolage classique, me dis-je.

Il ne me restait plus qu'à enterrer mes accessoires avec le manuscrit près d'une souche d'arbre que j'avais repérée à cinq cents mètres de là, dans un petit bois… sans laisser de traces, bien sûr. Fiona pouvait être fière de moi !

Je fis semblant de me réveiller en sursaut lorsque Georg et maman rentrèrent du pub. Georg était fou furieux. Il n'arrêta pas de m'interroger, mais je fis celui qui avait du mal à sortir de son sommeil. Maman intervint lorsqu'il commença à me secouer comme un prunier. Elle s'interposa et ordonna à Georg de sortir de la chambre.

chapitre 28

La police mena son enquête, mais j'avais pris soin de ne laisser aucun indice. Georg parcourut la région à la recherche de la moindre piste. Il rentrait chaque soir plus irascible.

« L'argent… je comprends, hurlait-il. Mais où est l'intérêt de s'emparer d'un vieux manuscrit ? »

Il passait des heures au téléphone à s'expliquer avec son complice. Leurs hommes de main avaient dû ratisser toute l'île, filer tous les malfrats… en vain. Je repensais à ce que nous avions enduré à cause de Georg. J'aurais voulu le lui faire payer cher, mais j'écoutai papa et n'en fis rien. Impossible de dire si maman se doutait de quelque chose... Toujours est-il qu'elle garda longtemps le silence. Georg ne se souciait plus d'elle. Quand il lui parlait, c'était désormais sur un ton agressif. Elle découvrait le vrai visage de cette crapule et devait probablement penser qu'il valait mieux que tout se terminât ainsi.

Après plusieurs jours d'une enquête infructueuse, Georg et son complice commencèrent à se soupçonner mutuellement. Ils durent en venir aux mains, car Georg rentra un soir avec plusieurs côtes fêlées. Immobilisé sur son lit, il fut contraint de prendre son mal en patience. J'en profitai pour parler du manuscrit à maman.

« Vous aviez presque fini de le décoder ?

— Nous en avions déchiffré les trois quarts », me répondit-elle.

Combien de temps avait-il fallu au moine pour arriver à élaborer un système aussi complexe de lettres incrustées, de couleurs savamment orchestrées, de figures aussi finement dessinées ? Papa m'avait confirmé que le décodage complet n'était possible qu'à partir de l'original.

Une nuit, je choisis une plage isolée non loin

de Clifden et je fis un feu de bois. Tandis que le manuscrit et les billets brûlaient sous mes yeux, je voyais défiler chaque heure passée avec Fiona.

« J'aurais aimé t'approcher la première fois que tu es arrivé au refuge, m'avait confié papa, mais elle voulait d'abord te "tester". »

Sacrée Fiona ! Je l'entendais rire, heureuse d'apporter la vie… elle qui était retournée à son étrange sommeil.

Elle m'avait appris à m'orienter en écoutant mon corps, et cette sensibilité s'était développée de manière fulgurante depuis mon contact avec l'émeraude. La pierre conférait une perception exceptionnelle à ceux qui savaient entrer en résonance avec ses plus fines vibrations.

« Le souffle que tu as ressenti le matin du premier novembre n'est qu'un petit aperçu de son pouvoir, m'expliqua papa. Les rayons solaires, ce matin-là, ne pouvaient éclairer que l'entrée du couloir. Le tertre d'Anga a été orienté pour accueillir les premiers rayons solaires le jour du solstice d'hiver, le 21 décembre, après la nuit la plus longue de l'année. Exactement comme le tumulus de Newgrange. Ce jour-là, le soleil se lève juste en face du couloir. Ses rayons frappent le cristal de plein fouet, transformant le dolmen en une "chambre du soleil". C'est la "fécondation" de la terre par l'astre solaire... »

Je n'avais donc eu qu'un avant-goût de la force de l'émeraude, mais cela suffit pour que certains effets se manifestent. Je ressentis bientôt les pierres, les plantes, les animaux comme s'ils dialoguaient secrètement avec mon âme. Cette union avec la nature s'accompagna d'une impression étrange : je me sentais parfois comme un aigle planant au-dessus des pierres d'Irlande...

Maman décida assez vite de déménager dans un hôtel de Clifden, car l'atmosphère chez Georg devenait impossible.

Après quelque temps, lorsque les choses se calmèrent, je lui demandai de m'emmener en voiture près du parc du Connemara. Nous empruntâmes des routes secondaires, fîmes plusieurs fois des haltes, simulant une simple balade jusqu'à la tombée de la nuit. Quand nous fûmes vraiment certains que personne ne nous suivait, nous nous dirigeâmes à pied vers le refuge. Sean, le fidèle serviteur, nous salua.

« Où sommes-nous ? demanda maman.

— Ne dis rien… suis-moi ! »

Je la pris par la main et la conduisis jusqu'à la maison où mon père l'attendait. Leurs retrouvailles furent déchirantes. Maman, bouleversée, serrait papa contre son cœur… indéfiniment.

Le visage inondé de larmes, je les laissai tous les deux pour marcher seul autour du lac. Le grand aigle immobile dans sa volière me regarda passer. Pourquoi me fixait-il autant ? Je fermai les yeux et sentis le souffle de la pierre.

Fiona était probablement là… dans le tertre, l'émeraude entre ses mains. Elle n'en finissait pas de me manquer. Je gardais en moi l'empreinte de son unique baiser.

La silhouette d'un cheval surgit soudain de l'obscurité. Il galopait à vive allure autour du lac.

« Bran ! Bran ! »

Je bondis pour le rejoindre.

« Bran ! Où étais-tu passé ? »

Le vieux cheval s'arrêta, puis avança d'un pas lent. Je remarquai alors qu'à une cinquantaine de mètres au-dessus de sa tête planait un oiseau blanc aux ailes démesurées. À ma grande surprise, il piqua sur nous et se posa en un éclair sur le dos de Bran.

« Je serai ton cygne », m'avait dit Fiona.

C'était elle.

L'oiseau me fixait intensément de ses yeux verts, verts comme l'émeraude. Il s'approcha de mon visage et tendit son cou qu'il frotta contre mon front, à l'emplacement du troisième œil.

À suivre…

Découvre la suite des aventures
de William et Fiona dans :
L'aigle de Kylemore

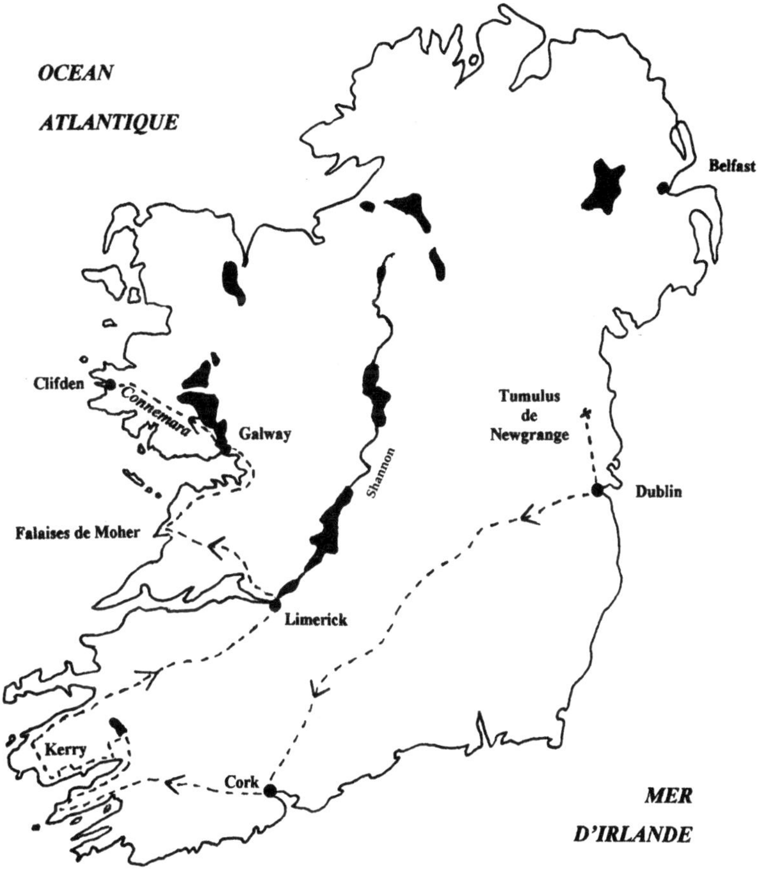

Itinéraire de William et de sa mère
à leur arrivée en Irlande

Pour en savoir plus
sur *La Légende de l'Émeraude*
et les autres titres de l'auteur,
rendez-vous sur le site :
www.ericsimard.net

Tipik
junior

1. *Le grimoire d'Arkandias,* **E. Boisset**
2. *Arkandias contre-attaque,* **E. Boisset**
3. *Le sarcophage d'outretemps,* **E. Boisset**
4. *Sortilège au Museum,* **P. Delerm**
5. *Meurtre à Honfleur,* **M. Delerm**
6. *Le signe de Saturne,* **J.-Y. Loude**
7. *Sacré scarabée sacré,* **F. Jay d'Albon**
8. *Témoins sur vidéo,* **B. Aubert & G. Cavali**
9. *À plein tube,* **F. Librini**
10. *Nicostratos,* **E. Boisset**
11. *Le manoir d'Orleur,* **D. Convard**
12. *Indiana Jules,* **C. Laborde**
13. *Tom chewing-gum,* **O. Ka**
14. *L'inconnu du 13 octobre,* **F. Librini**
15. *La nuit de Maï Ahn Li,* **J.-L. Estèbe**
16. *La cavalière de l'autre rive,* **M. Amaury**
17. *Pris au piège,* **F. Arcis**
18. *Le vol du nez,* **J.-Y. Loude**
19. *Les trois crimes d'Anubis,* **D. Convard**
20. *Dix petits Blacks,* **D. Convard**
21. *Meurtre à Noirmoutier,* **M. Delerm**
22. *La fiancée du Nil,* **C. Jacq**
23. *Le chant sacré des baleines,* **E. Simard**
24. *Le secret d'Akhénaton,* **F. Jay d'Albon**
25. *Le maître des éléphants,* **R. Guillot**
26. *L'homme au chapeau,* **Sarah K.**
27. *Marvin a kidnappé le Président,* **M. Honaker**
28. *La mort sous contrat,* **B. Aubert & G. Cavali**
29. *La théorie de l'oignon,* **J. Manini**
30. *Le sorcier de Saint-Rambert,* **A. Charpentier**
31. *Meurtre au Salon du livre,* **M. Delerm**

32. *La nuit du 8 décembre,* **J. Chaboud**
33. *Les brumes du Connemara,* **E. Simard**
34. *Ronan le défaiseur,* **S. Benson**
35. *Télétoc,* **G. Streiff**
36. *Traquées !,* **M. Amelin**
37. *Graine de résistant,* **A. Ténor**
38. *Nuit blanche,* **M. Séassau**
39. *L'armée du Cornu,* **F. Aubry**
40. *Le souffle de la pierre d'Irlande,* **E. Simard**
41. *Meurtre à la romaine,* **M. Delerm**
42. *Mademoiselle V.,* **J.-B. Evette**
43. *Le maléfice d'Isora,* **B. Aubert & G. Cavali**
44. *Marine tisse sa toile,* **E. Devernois**
45. *Aldebaran 33°N, 77°E,* **M. Pouchain**
46. *Rio Diablo,* **C. Lambert**
47. *T.O.C.,* **A. Ysac**
48. *Né de mère inconnue,* **P. Barbeau**
49. *Différents,* **M. Rippert**
50. *À fond de train,* **F. Librini**
51. *Le secret de tante Eudoxie,* **E. Boisset**
52. *L'œil du mainate,* **E. Boisset**
53. *L'antichambre de Mana,* **E. Boisset**
54. *L'aigle de Kylemore,* **E. Simard**
55. *La malédiction des ruines,* **P. Delerm**
56. *Le voleur de destin,* **A. Ténor**
57. *Martin et le gourou,* **J.-M. Abgrall**
58. *Rumeur !,* **A. Ténor**
59. *Liberty chérie,* **M. Gentil**
60. *Silence complice,* **M. Bayar**
61. *La forêt sans retour,* **F. Elman**
62. *Les ailes d'Horus,* **M. Amaury**

Collection animée par Jack Chaboud

Magnard Jeunesse, 2005
20, rue Berbier-du-Mets
75013 PARIS
www.magnard.fr

Conception de couverture : Lonsdale
Photogravure : Dawant Fossard
N° ISSN : 1767-3038 / N° ISBN : 978-2-210-98481-3

N° d'éditeur : 2007/248 – Dépôt légal : mars 2006
Achevé d'imprimer en mai 2007
par France Quercy - Mercuès (France) - N° d'impression : 71352A/